AF595532

PAPIER
FRESSERCHEN
MIM-VERLAG
DIE BÜCHER MIT DEM DRACHEN

Impressum:

Alle weiteren Personen und Handlungen des Buches sind frei erfunden.
Ähnlichkeiten mit lebenden oder verstorbenen Personen sind
zufällig und nicht beabsichtigt.

Besuchen Sie uns im Internet:
www.papierfresserchen.de
www.herzsprung-verlag.de

© 2018 – Papierfresserchens MTM-Verlag
Mühlstr. 10, 88085 Langenargen
info@papierfresserchen.de
Alle Rechte vorbehalten.
Erstauflage 2018

Das Werk einschließlich aller seiner Teile ist urheberrechtlich geschützt.

Cover gestaltet mit verschiedenen grafischen Elementen sowie Bildern von
© totuss (unten) + © AlienCat (oben) – Adobe Stock lizensiert

Gedruckt in der EU

ISBN: 978-3-86196-765-1
Herstellung und Lektorat: CAT creativ - www.cat-creativ.at

Von Stubenfliegen und Osterhasen

Spannendes und Nachdenkliches von

Sabrina Nickel

Eismädchen

Als ich noch jünger war, hatte ich zwei Traumberufe. Entweder wollte ich Designerin werden oder Pathologin. Beide Berufe hatten für mich ihren Reiz. Zum einen war ich schon immer sehr kreativ und saß schon früh an Großmutters Nähmaschine. Andererseits faszinierte mich seit jeher die menschliche Anatomie. Ich war fünfzehn, als ich so dachte. Kurz darauf brach meine heile Welt entzwei.

„Hey! Du wirst hier nicht fürs Gaffen bezahlt!“, brüllte Dawina aus dem Büro. Vollkommen in Gedanken hatte ich vergessen, weiter zu spülen. Hastig nahm ich einen mit angetrockneten Spinatresten verdreckten Teller und begann, ihn zu schrubben. So sah mein Leben heute aus. Das Mädchen, welches mit fünfzehn Jahren unglaublich viel vorhatte, arbeitete nun den Tag über bis spät in den Abend hinein in einem heruntergekommenen Gasthaus. Ich musste mein eigenes Geld verdienen und ein Studium war weit in die Ferne gerückt. Dawina war die Chefin dieses Ladens. Eine imposante Erscheinung, recht klein und gedrungen. Sie war ein watschelnder, gieriger Giftzwerg und ihre Kleidung war stets so dreckig, dass man meinen konnte, sie wälzte sich regelmäßig in den Speiseresten. Die Bezahlung hier war nicht gut, doch war es besser, als auf der Straße zu sitzen.

„Schneller, verdammt! Sonst ertränke ich dich in der Spüle!“, krächzte Dawina in beunruhigender Nähe. Sie hatte eine furchtbare, blecherne Stimme.

Erschrocken blickte ich auf das Spülwasser, das ich nur einmal am Tag wechseln durfte. Aus Kostengründen. Bevor ich im Wasser ersaufen würde, würde ich also an einer Lebensmittelvergiftung sterben. Den Rest des dreckigen Geschirrs spülte ich in Rekordzeit weg und trat daraufhin meinen Dienst als Bedienung an.

Außer Dawina und mir gab es noch Eddie, den Koch. Er hatte die Statur eines Wikingers, das Herz am rechten Fleck und hatte irgendwann mal im schlimmsten Knast des Landes gesessen. Aufgrund seiner Vergangenheit war dies auch für ihn der einzige Job, den er bekommen konnte. Oft verteidigte er mich, konnte sich aber auch nicht zu weit aus dem Fenster lehnen, denn er hatte eine vierköpfige Familie, die er versorgen musste. Seine Kreationen waren ausgesprochen gut, wären da nicht die vielen abgelaufenen Zutaten in ihrer Verarbeitung, die man wegen Dawinas krankhaftem Geiz natürlich noch aufbrauchen musste. Der arme Kerl versuchte immer, alles auf höchstmöglicher Temperatur zuzubereiten, damit das abstarb, was nicht in die Nahrung gehörte.

„Solange es keinen dichten Pelz hat, kann man es noch essen", meinte Dawina immer.

Jeder Mensch, der hier essen ging, konnte genauso gut russisches Roulette spielen. Das war weithin bekannt, weswegen sich hierhin auch nur einige Alkoholiker und unwissende Reisende verirrten. In Whisky und Gin überlebte nichts und die Reisenden sah man nie wieder. Man könnte jetzt spekulieren, warum das so war.

Gerade wischte ich mit einem grauen Lappen, der irgendwann mal eine weiße Unterhose war, über die letzten Tische, da läutete die kleine Klingel, welche so über der Tür angebracht war, dass sie sich geräuschvoll bewegen musste, wenn potenzielle Opfer eintrafen.

Ein junger Mann in Hemd und Jeans betrat die Gaststätte. Er war vielleicht um die dreißig, hatte sein halblanges, dunkles Haar nach hinten gekämmt und sein ernster Gesichtsausdruck änderte sich zu einem offenen Lächeln, als er mich sah. Eine derartige Freundlichkeit konnte nur von einem Reisenden kommen. Sofort zog er meine Aufmerksamkeit auf sich. Ich konnte es kaum erklären, doch die Art, wie er sich bewegte, und seine Gestik waren so anders. So angenehm. Seine Tasche ablegend, setzte er sich an einen der freien Tische und schaute sich aufmerksam um.

„Jetzt geh da hin, du faules Miststück", fauchte Dawina direkt hinter mir, sodass ich erschrocken zusammenzuckte. Sie sagte es leise, wie eine Drohung, doch so laut, dass der Mann sie offensichtlich gehört und verstanden hatte. Mit argwöhnischem Blick sah er zu mir herüber.

Bewaffnet mit Zettel und Stift wurde ich nachdrücklich in seine Richtung geschubst und eilte zu ihm. „Herzlich willkommen! Was darf ich Ihnen bringen?“, leierte ich fröhlich meinen Text herunter und sah seinen skeptischen Blick.

„Alles in Ordnung?“, flüsterte er leise und ich nickte sofort.

„Ja, alles gut. Man gewöhnt sich daran.“

So recht schien er das nicht glauben zu wollen, schaute sich dann aber die fleckige Speisekarte an, die zusammen mit einigen alten Bierdeckeln in einem Serviettenhalter auf dem Tisch klemmte. „Hmm, wie ist die Pute?“, fragte er mich und ich hatte sofort das grauenhafte Bild im Kopf, welches sich heute bei Schichtbeginn in mein Hirn meißelte. Kaum merklich schüttelte ich den Kopf und hoffte, dass er versteht. „Pilzomelett?“, fragte er nun.

„Die Pilze sind sehr frisch. Hat die Chefin vor der Arbeit gesammelt. Es ist alles Mögliche dabei“, bemerkte ich mit eindringlichem Blick. Ich konnte ihn nicht ins offene Messer laufen lassen und wieder begriff er sofort.

„Ein alkoholfreies Bier?“, sagte er nun mit fragendem Unterton.

„Gerne“, erwiderte ich und deutete eine Verbeugung an, bevor ich davoneilte.

„Was? Nur ein lächerliches Bier?“, zischte meine Chefin verärgert und schlug mir ihr Handtuch um die Ohren. In dem Moment merkte ich, wie abgestumpft ich eigentlich geworden war. Es kümmerte mich nicht im Geringsten, wie sehr diese bemitleidenswerte Frau vor meinen Augen herumwütete, so lange mein mageres Gehalt am Ersten jeden Monats auf meinem Konto vorzufinden war – was meistens funktionierte.

„Er hat eine lange Reise hinter sich und ist bloß durstig“, zuckte ich mit den Schultern und ging gleichgültig zur Zapfanlage.

„Das verpasste Essen zieh ich dir vom Gehalt ab. Und du bringst gleich den Müll raus und putzt anschließend die Klos“, zeterte sie unüberhörbar, schmiss das Handtuch auf den Boden und rauschte davon.

„Ich möchte gerne kurz mit Ihnen sprechen. Hätten Sie Zeit?“, fragte der Mann, als ich ihm sein Bier vor die Nase stellte.

Ich musste leider verneinen und bemerkte, wie er mich enttäuscht ansah, als ich kehrtmachte, um die Mülleimer in der Küche anzusteuern.

Ein eigenartiges Gefühl beschlich mich. Ich konnte nicht anders, als ihn immer wieder anzusehen, ganz unauffällig natürlich. Seine gebildete Erscheinung, die Höflichkeit und die recht tiefe, angenehme Stimme zogen mich regelrecht in ihren Bann – und nur Dawina vermochte es, mich mit ihren spitzen, unverschämten und proletenhaften Bemerkungen immer wieder aus meinen Träumen zu reißen.

Als das Glas des Mannes sich vollkommen geleert hatte und er offensichtlich zahlen wollte, steuerte ich seinen Tisch an. Nach einigen Metern wurde ich jedoch unsanft zur Seite gestoßen, stieß gegen einen der leeren Tische und verlor fast die Balance. Meine Chefin trippelte hastig zum Tisch des Mannes und zückte ihr Portemonnaie. Er jedoch sah erst mich über ihre Schulter hinweg an und schüttelte dann den Kopf. „Ich möchte, dass die Dame abkassiert, welche mich auch bedient hat." Das hatte sich noch niemand getraut. Dawinas Zähneknirschen hörte ich durch die halbe Gaststätte. Sie machte auf dem Absatz kehrt und stampfte an mir vorbei, warf mir einen vernichtenden Blick zu.

„Bitte, setzen Sie sich", deutete er auf den Stuhl gegenüber, als ich das Portemonnaie zückte.

„Aber ich muss wieder in die Küche", entgegnete ich mit einem Anflug von Verzweiflung. Er jedoch blieb hartnäckig und letztendlich nahm ich Platz.

„Warum tun Sie sich das an?", fragte er mit forschendem Blick.

Ich wusste nicht, was das einen Außenstehenden anginge, und doch hatte ich dieses ungewohnte Gefühl, ich könnte ihm alles anvertrauen. Er würde mich weder für etwas verurteilen, noch mich aufgrund meiner abgetragenen Kleidung und Situation verspotten.

„Ich habe keine anständige Ausbildung und brauche dringend das Geld, denn ich muss wichtige Dinge damit erledigen", entgegnete ich knapp.

„Würden Sie Hilfe von mir annehmen?", fragte er.

Was war das denn für eine idiotische Frage? Ich kannte ihn doch gar nicht. „Bitte, bezahlen Sie einfach. Ich komme klar."

Zögernd nahm er seine Geldbörse und öffnete sie. Dann passierte etwas, das ich mitnichten erwartet hätte. Um an sein Kleingeld zu kommen, nahm er einen Gegenstand aus dem Fach und legte ihn auf den Tisch.

Es war die Hälfte eines blauen, flachen Steines, dessen Gegenstück ich nur zu gut kannte. Es war ein halber Spinell, etwas größer, als ein altes Fünf-Mark-Stück. Die andere Hälfte schenkte mir meine Großmutter vor einigen Monaten. Ich trug sie als Talisman immer bei mir. Vollkommen verwirrt griff ich automatisch in meiner Schürzentasche danach und starrte wie hypnotisiert auf das blaue Mineral.

„W...wo haben Sie den her?“, stotterte ich und er sah zu mir hoch. Im gleichen Moment hörte ich Dawina hinter dem Ausschanktresen herumpoltern. „Clarissa! Du wirst nicht fürs Rumsitzen bezahlt!“

Wie von der Tarantel gestochen wollte ich aufspringen, doch mein Gegenüber hielt mich sanft auf dem Stuhl, packte seelenruhig seinen Stein wieder ein und stand seinerseits auf. Erhobenen Hauptes sah er meine Chefin herausfordernd an.

„Was willst du, Schnösel?“, spuckte sie förmlich aus.

Der Mann lachte verächtlich auf, trat von seinem Stuhl weg und stellte sich neben mich. „Ich werde Ihre Mitarbeiterin jetzt mitnehmen. Sie kommt mit mir“, sagte er ruhig.

„Was?“, entgegneten Dawina und ich fast gleichzeitig.

Bestürzt sah ich ihn an. „Aber, ich kann nicht ...“

„Vertrauen Sie mir“, flüsterte er und wandte sich wieder meiner Chefin zu. Ich sah, wie Eddie den Kopf aus dem Küchendurchgang steckte und interessiert zuschaute.

„Haben Sie noch etwas, das Sie mitnehmen möchten? Jacke oder Tasche?“, fragte der Mann mich, ich schüttelte den Kopf und machte den Mund erneut auf, um zu protestieren. Schmunzelnd legte er seinen Zeigefinger über seine Lippen.

„Ich lasse sie nicht gehen!“, plärrte Dawina, baute sich drohend auf und watschelte auf uns zu.

Er jedoch stellte sich schützend vor mich und meinte: „Dann habe ich nur noch ein Wort für Sie. Gesundheitsamt!“

Sofort stoppte die Frau und riss erschrocken die Augen auf. Kurz schien sie zu überlegen. „Dann verpisst euch doch alle!“

„Herzlichen Dank“, antwortete er und verbeugte sich vor ihr.

„Respekt, Mann!“, lachte Eddie lauthals auf, trat aus dem Schutz der Küche hervor und nahm seine gräuliche Kochmütze vom Kopf. „Ich kündige übrigens auch, du alte, widerliche Spinatwachtel!“ Mit den Worten warf er Dawina die Mütze vor die Füße.

Der Fremde nahm meine Hand und zog mich mit sich. Wir waren bereits an der Tür, das Glöckchen läutete, als Dawina begann, zu schreien. Mir absolut nicht darüber im Klaren, was ich hier tat, lief ich ein ganzes Stück mit, bis wir vor einem schwarzen SUV, der am Straßenrand geparkt war, stehen blieben. Rabiat entwand ich mich seinem Griff und schlug ihm auf die Brust. Ich war so verwirrt, wütend, völlig fertig.

„Wieso haben Sie das getan? Jetzt geht alles den Bach runter! Sie sind schuld!", warf ich ihm entgegen und spürte, wie Tränen meine Augen füllten.

„Ganz ruhig! Ich hätte das nicht getan, wenn ich nicht eine bessere Lösung für Sie hätte!", versuchte er, mich zu beruhigen, griff nach meinen Handgelenken und hielt sie gerade so fest, dass ich nicht mehr nach ihm schlagen konnte.

„Woher wollen Sie wissen, was für mich eine bessere Lösung ist?", fragte ich aufgebracht.

Er ließ mich los, zog einen Schlüssel aus seiner Hosentasche und entriegelte mit einem Knopfdruck die Schlösser seines Wagens.

„Ich kenne nicht einmal Ihren Namen", bemerkte ich vorwurfsvoll und er wandte sich mir erneut zu.

„Florian Maas", nickte er, wohl erfreut, dass ich ihm die Frage gestellt hatte.

„Clarissa Wagner", entgegnete ich knapp.

„Darf ich Ihnen das Du anbieten?", tastete er sich vorsichtig voran.

„Meinetwegen", antwortete ich unsicher. Ich wusste nicht, ob es klug war, was ich da gerade tat, doch sollte er jetzt mal schön schauen, wie er mich versorgt bekam. Außerdem wollte ich unbedingt wissen, woher er diese Steinhälfte hatte.

„Wo willst du mich hinbringen?", fragte ich skeptisch, als er die Beifahrertür öffnete.

„Ich arbeite in einem größeren Betrieb im nächsten Ort und bin mir sicher, dass man dort auch dir eine gut bezahlte Stelle anbieten kann."

„Und wenn nicht?", fragte ich mit einem Anflug von Panik. Ich konnte doch nicht jetzt in meiner schmutzigen Kleidung zu einem Vorstellungsgespräch fahren.

„Sie werden! Keine Sorge", meinte er zuversichtlich. Ich hatte keine

Wahl. Also folgte ich seiner Aufforderung, in sein Auto zu steigen – ohne die geringste Ahnung, wohin wir fahren würden.

Eine Zeit lang schwiegen wir uns an. Nur hin und wieder beobachtete er mich aus den Augenwinkeln. Instinktiv umklammerte ich das Steinfragment in meiner Schürzentasche, in der Hoffnung, es würde mich irgendwie vor Unheil schützen.

„Was ist passiert, dass jemand wie du in einer solchen Klitsche versauern wollte? Dir stehen alle Türen offen!“, brach er das Schweigen an einer roten Ampel und sah mich mit sanftem Blick an.

„Ich wüsste nicht, was dich das anginge“, murmelte ich trotzig in mich hinein und sah ihn lächeln.

„Es hätte mich einfach interessiert. Aber du hast natürlich recht“, bemerkte er, sah mich jedoch noch immer erwartungsvoll an.

„Ist eine lange Geschichte“, meinte ich knapp und er antwortete: „Wir haben noch Zeit, hier gibt es viele Ampeln.“

Eine derartige Hartnäckigkeit kannte ich sonst nur von mir. Insgeheim musste ich schmunzeln. Was hatte ich zu verlieren? Musste ich mich schämen? Nein, keinesfalls, höchstens für andere. Also entschied ich mich, alles zu erzählen. Während er mir aufmerksam zuhörte, fing ich dort an, als mein Leben zu bröckeln begann.

Ich war gerade fünfzehn Jahre alt geworden. Schon lange kriselte es zwischen meinen Eltern, doch eines Abends packte mein Vater seine Sachen und zog zu seiner jüngeren Freundin. Fortan wurde meine Mutter immer sonderbarer. Zu der Zeit dachte ich, dass alles gut werden würde, wenn wir nur zusammenhielten. Offenbar reichte das aber nicht. Die Tatsache, dass Papas neue Freundin nur sechs Jahre älter war als ich, setzte meiner Mutter derart zu, dass sie es sich zum Ziel gesetzt hatte, ihn zu unterbieten. Folglich verbrachte sie jede freie Minute außer Haus auf Männerfang. Ich erkannte sie nicht wieder.

Weil ich mich furchtbar einsam fühlte, ging ich oft zu meinen Großeltern, die drei Straßen weiter wohnten. Es dauerte nicht lange und Mama brachte einen jungen Südländer nach Hause, der mein älterer Bruder hätte sein können. Euphorisch verkündete sie mir, dass sie mit ihm nach Spanien auswandern und dort eine Bar eröffnen würde. So sehr ich mich damals freute, sie wieder lächeln zu sehen, bemerkte ich in meinem jugendlichen Leichtsinn nicht, dass ich dabei ganz vergessen wurde. Wieder wurden Koffer gepackt, wieder verschwand ein geliebter Mensch aus meinem Leben und diesmal war es zu viel für mich. Meine Schulnoten rauschten in den Keller, ich vernachlässigte meine Freunde und fiel in ein tiefes Loch. Meine Großeltern nahmen mich auf und kümmerten sich um mich. Vor zwei Jahren starb mein Opa und ein halbes Jahr später wurde meine Oma krank und musste fortan von einer fachkundigen Pflegekraft betreut werden. Ihre Rente war klein, reichte vorne und hinten nicht.

„Deshalb gehen Sie arbeiten und unterstützen Ihre Großmutter, so gut es geht", begann Florian nun zu verstehen.

„Ja", nickte ich. „Sie und Opa sind die einzigen Menschen, die immer für mich da waren." Florian sah mich mit einem Blick an, den ich kaum deuten konnte.

„Aber warum dort? So wie sie dich da behandelt haben, hättest du überall etwas Besseres finden können", meinte er in überzeugtem Ton und ich winkte ab.

„Wer will mich denn ohne Ausbildung? Und das Gehalt hat immer gerade gereicht. Ich hätte keinen Monat überbrücken können. Und wenn dein Betrieb mich nicht nimmt-", brach ich ab, als wir in die Einfahrt eines großen, gepflegten Hauses einbogen.

„Hotel Maas", las ich die wuchtigen Buchstaben, welche sich über dem Eingang befanden und sah wie paralysiert zu Florian. „Das ist jetzt nicht wahr!" Das war eindeutig sein Nachname.

Routiniert parkte er auf dem Chefparkplatz und sah mich mit einem breiten Grinsen an. „Doch. Dies ist mein Ausbildungsbetrieb. Hier habe ich gelernt und arbeite noch immer hier. Vor einigen Wochen, als mein Großvater seine ewige Ruhe fand, hat er meinem Vater und mir diesen Betrieb zu gleichen Teilen vererbt. Und hiermit biete ich dir einen Arbeitsplatz im Service an."

Wie vom Donner gerührt starrte ich vom Haus zu ihm und wieder zurück, unfähig, etwas zu sagen. „Komm, wir essen erst einmal etwas. Ich lade dich ein", lächelte er und führte mich vorsichtig an der Schulter herein. Alleine laufen konnte ich momentan nicht.

So ein prächtiges Haus hatte ich noch nie von innen gesehen. Schon die Empfangshalle, deren Mittelpunkt ein kleiner Marmorbrunnen bildete, ließ mich in meinen Lumpenkleidern plötzlich so winzig und unwichtig erscheinen, dass ich am liebsten wieder geflüchtet wäre. Als ob er es gerochen hätte, dass ich meine armselige Gestalt nicht in seinem Restaurant zur Schau stellen wollte, führte er mich in ein Esszimmer des Privatbereiches und ließ das Mittagessen dort servieren.

Reichlich eingeschüchtert sah ich mir die hohen Wände und Stuckdecken an. Ich saß auf einem Stuhl, der wahrscheinlich mehr kostete, als die Monatsmiete meines Zimmers für ein Jahr, und es dauerte bis zum Hauptgang, Hühnchen mit Kartoffelspalten und Ratatouille, bis ich meine Stimme wiederfand. „Ist das dein Ernst?“, fragte ich zaghaft und er nickte.

„Du kannst morgen anfangen.“

„Oh danke! Danke!“ Es selbst gar nicht richtig realisierend, sprang ich auf, lief zu ihm herüber und drückte ihn ganz fest.

„Nicht dafür“, lachte er, hielt mich fest und erst da setzte mein Hirn wieder ein. Wie konnte ich ihn nur so überrumpeln? Verlegen trat ich einen Schritt nach hinten und verzog mich rasch wieder an meinen Platz, was Florian irgendwie zu amüsieren schien. Ich konnte vor Freude kaum an mich halten und mich nur schwer auf das Essen konzentrieren.

Und da war noch etwas, das mich brennend interessierte. Eigentlich waren es zwei Dinge. „Wenn du hier alles haben kannst, wieso bist du an die Küste gefahren und hast die heruntergekommenste Gaststätte aufgesucht?“, fragte ich ihn gerade heraus.

„Nun, eigentlich war ich auf der Suche nach einer ortskundigen Person. Mein Besuch war also nicht ganz uneigennützig“, antwortete er, zog seine Geldbörse heraus und öffnete sie, um erneut die funkelnde Steinhälfte herauszunehmen. „Mein Großvater wurde sechsundneunzig Jahre alt und vererbte mir dieses Stück Stein, zusammen mit einem alten Foto, das ihn und eine Frau zusammen vor einem Felsen zeigt. Dieser Felsen ragt wie eine Flosse aus dem Wasser.

„Das ist der Haifischfelsen“, meinte ich beiläufig, interessierte mich aber mehr für den Stein, den auf dem Foto beide gemeinsam in den Händen hielten. Automatisch griff ich in meine Schürzentasche und nahm mein Stück des blauen Minerals heraus.

„Wie ist das möglich?“, hauchte Florian vollends verblüfft.

Die Stellen, an denen der Stein entzweigebrochen war, passten perfekt ineinander und das Ergebnis war vollkommen. Es war, als würde man ein Stück Eis bei sich tragen.

„Wo hast du deine Hälfte her?“, hörte ich Florian fragen.

„Von meiner Oma", sagte ich und verstand auf einmal, was dieses Bild bedeutete. Ich nahm es und drehte es um. Auf der Rückseite stand *Mein Eismädchen und ich im Sonnenuntergang.* Die Frau auf dem Foto war meine Großmutter mit ihrer ersten großen Liebe. „Dein Opa und meine Oma waren ein Paar. Sie erzählte mir von ihm. Im Krieg wurden sie verfolgt, weil sie Verwundete der Gegenseite mitbehandelten. Sie wurden getrennt, mussten untertauchen, bekamen dann neue Namen", erzählte ich die Geschichte meiner Großmutter nach. „Als sie zurückkehrten, dachten sie, dass der Partner nicht überlebt hätte und scheinbar liefen sie sich nicht mehr über den Weg. Irgendwann fanden sie einen neuen Partner, heirateten, bekamen Kinder und lebten in Unkenntnis voneinander ihr Leben weiter." In der Aufregung merkte ich erst jetzt, dass Florian meine Hand fest hielt. Überrascht ließ er sie los, was ich innerlich fast schon schade fand. „Lass uns zum Felsen fahren", sprang ich spontan auf und sah ihn schmunzeln.

„Aber das Essen wird kalt."

„Ihr habt doch bestimmt eine Mikrowelle", grinste ich, schnappte mir seine Hand und zog ihn hoch. Auflachend packte er das Foto ein und eilte mir hinterher.

Der Felsen befand sich an der Küste nahe meines Geburtsortes. Es war ein Stück Fußweg bis an die Stelle des Strandes, und als wir dort ankamen, verschwand die Sonne bereits hinter der Flosse. Die Aussicht war wundervoll. „Hier haben sie sich also getroffen", schwärmte Florian neben mir. Ich spürte, wie seine Hand die meine suchte, ergriff sie und hielt sie fest. Wir sahen uns an, in vertraute Augen. „Ich glaube, ich verliebe mich gerade", flüsterte er und neigte seinen Kopf zu mir herunter. Er sprach das aus, was ich dachte. Ich kam ihm ein Stückchen entgegen.

Gerade, als sich unsere Lippen fast berührten, blendete uns ein Lichtstrahl, der durch das einzige Loch im Felsen von der Sonne verursacht wurde. Blinzelnd beobachteten wir, wie er langsam zwischen uns hinunter bis auf unsere verschlungenen Hände wanderte. Wir standen dort, wie einst unsere Großeltern auf dem Bild. Nur eins fehlte. Ich nahm die Hälfte meines Steines und Florian verstand sofort. Abermals fügten wir die Teile zusammen und hielten den vollkommenen Stein Hand in Hand in das Licht. Augenblicklich wurde es gebrochen und in alle Farben des Regenbogens aufgeteilt, um schließlich wie ein Farbenspiel hinter uns auf den sandigen Boden zu treffen.

Erst in diesem Moment entdeckte ich etwas im Sand, genau dort, wo die Farben auf ihn trafen. „Halte mal bitte den Stein“, sagte ich, wandte mich um und ging in die Hocke, um zu graben. Es war ein Griff, der zu einer kleinen, hölzernen Tür gehörte. Beim Öffnen schlug uns ein unglaublich kalter Wind entgegen und ein gleißend blaues Licht blendete unsere Augen. Rasch zog Florian seine Jacke aus, um sie über meine Schultern zu legen.

Gemeinsam stiegen wir die grob in den Stein gearbeiteten Stufen hinunter, die Augen mit den Händen abgeschirmt, bis wir schließlich ebenen Boden unter den Füßen spürten. Vorsichtig öffnete ich die Augen und traute ihnen nicht mehr. Wir standen in einem riesigen Gewölbe, auf einem zugefrorenen See. Die Helligkeit war überwältigend, doch stammte sie nicht vom Tageslicht. Soweit das Auge reichte, waren Wände und Decken der Halle besetzt von hellblauen Steinen, einer schöner als der andere. Sie warfen einander das Licht zu, welches von unter uns aus dem See zu kommen schien. Hunderte Schmetterlinge, die wir wohl mit unserem unerwarteten Besuch gestört hatten, schreckten auf und umkreisten uns flirrend.

Was war das für ein Ort? Und wie konnte er existieren? Eine Winterwelt inmitten des warmen Sommers, ein eigenes kleines Paradies. Es war bitterkalt, doch schöner, als alles, was ich bisher gesehen hatte.

„Eismädchen“, hauchte Florian und sein Atem bildete dabei kleine Wölkchen. „Jetzt verstehe ich. Ich wunderte mich über dieses Wort auf der Rückseite des Fotos. Es ist dieser Ort! Ihr geheimer Treffpunkt. Das hier war ihr Geheimnis, das er mir oft andeutete.“

„Und nun wird es unseres sein“, sagte ich und sah den schönen Mann neben mir an. Nun endlich küssten wir uns in der unendlichen Stille dieses Ortes. Ich war noch nie so glücklich.

Meiner Großmutter kamen sofort die Tränen, als sie Florian sah. Er hatte eine unglaubliche Ähnlichkeit mit dem Mann auf dem alten Foto. Dem Mann, den sie einst liebte. „Du hast ihn gefunden. Lass ihn nie wieder los!“, lachte sie mich glücklich an, während sie ihn fest drückte.

„Das habe ich nicht vor, Omi“, versicherte ich der wunderbarsten

Frau, die ich kannte. Ich nahm Florians Angebot an, eine Ausbildung in seinem Hotel zu absolvieren, und zog bei ihm ein. Nebenher holte ich mein Abitur nach, um später Design studieren zu können. Meine Großmutter besuchte ich täglich.

Energisch klopfte es an der Tür. „Clarissa? Bist du da?“ Ich erkannte die Stimme und öffnete sofort. Da stand ein Wikinger, in einer Hand ein kleines Paket, mit der anderen kratzte er sich am Hinterkopf.

„Hey Eddie! Wird der Koch wieder als Bote missbraucht?“, lachte ich und knuffte den Muskelberg in die Seite.

„Mache ich gerne“, lachte der Hüne und übergab mir das Paket. „Heute Abend gibt es Hühnchen. Soll ich euch was hochschicken?“

„Klar“, freute ich mich und sah, wie er vor mir salutierte, um sich wieder in die Hotelküche zu verkrümeln.

Neugierig öffnete ich den Karton und fand darin einen eisblauen Traum von einem Kleid, der wohl für den nahenden Herbstball gedacht war und eine Karte, auf der stand *Für mein Eismädchen.*

Von Osterhasen und Stubenfliegen

Als mein Chef mich heute Mittag in sein Büro rief, dachte ich mir noch gar nichts dabei. Sein Blick verriet mir jedoch bereits, dass etwas nicht stimmte, und ich sollte recht behalten. Er kündigte mir – fristlos. Angeblich hatte ich in der letzten Woche einen wertvollen Herrenring aus der Schublade seines Schreibtisches gestohlen, doch nie würde ich so etwas tun. Ehrlichkeit war mir das Wichtigste in meinem Job. Ich liebte meine Arbeit und ich verstand mich mit nahezu jedem im Büro sehr gut.

Als ich dies meinem Chef erklärte, nickte er langsam. Dann jedoch antwortete er mit gesenktem Kopf: „Es gibt einen Zeugen, Frau Langner." Alle weiteren Versuche, ihn vom Gegenteil zu überzeugen, schlugen fehl.

Als ich das Büro schließlich tränenüberströmt verließ, sah ich Fiona am Eingang stehen. Sie deutete grinsend ein Winken an, während ich an ihr vorbeiging. In diesem Moment wusste ich, dass sie diese Intrige gesponnen hatte.

Vor zwei Monaten hatte sie in der Agentur angefangen. Sie war oft die Letzte, die abends das Büro verließ, und morgens die Erste, die schon den Kaffee kochte. Zu spät hatte ich bemerkt, dass sie es auf meine Stelle abgesehen hatte.

Nun, jetzt war die Stelle der Assistenz der Geschäftsführung frei und egal, wie sehr meine Kollegen mich verteidigen würden, es stand Aussage gegen Aussage und der Ring war weg. Zu Unrecht gefeuert – und das einen Tag vor Ostern.

Mich kaum konzentrierend fuhr ich nach Hause. Was sollte ich tun? Natürlich würde ich um meinen Job kämpfen, doch bei meinem Pech konnte ich es auch direkt lassen. Und dann? Mit so einer Entlassung würde ich keine neue Arbeit finden. Die Miete musste bezahlt werden und essen musste ich auch irgendetwas. Es half nichts. „Reiß dich zusammen, Susanne", sagte ich mir selbst und hielt auf meinen Stellplatz zu. Um den Schock erst einmal zu verdauen, legte ich mich völlig fertig auf die Couch, und obwohl meine Gedanken sich überschlugen, schlief ich recht früh ein.

Am nächsten Morgen hatte ich neuen Mut gefasst und setzte mich mit einem Tee und der Tageszeitung auf die Couch. Tief durchatmend schlug ich die Stellenangebote auf. Wenigstens vorübergehend, bis ich meine Unschuld beweisen konnte, brauchte ich einen Job. Je weiter ich mich vorarbeitete, desto entmutigender schien die Suche jedoch für mich zu sein. Verzweifelt las ich die Anzeigen durch und fand nichts Passendes.

Voller Frust blickte ich kurz auf, dann wieder auf die Zeitung. Was war das? Da suchte jemand eine Aushilfskraft für die kommenden Ostertage. Warum hatte ich das nicht gleich gesehen? Vielleicht konnte ich dort aushelfen, das wäre ein Anfang. Genaueres stand nicht in der Anzeige, nur eine Adresse in der Stadt und der Vermerk: *Kommen Sie jederzeit vorbei.* Heute war Gründonnerstag – ich würde es einfach versuchen!

Zuerst dachte ich, dass ich mich beim Aufschreiben der Hausnummer vertan hatte. Ich durchfuhr die Lindenallee, bis ich das letzte Haus erblickte.

Dann wurde aus der befestigten Straße ein holpriger Feldweg. Ich fuhr immer weiter, bis ich einen kleinen Wald erreichte. Immer mehr kam es mir vor, als hätte sich hier nur jemand einen dämlichen Streich erlaubt. Dennoch parkte ich meinen Wagen am Rande des Waldes und stieg aus. Die Sonne schien warm auf meinen Rücken, als ich die frische Luft tief einatmete. Der Trip sollte nicht umsonst sein. So ging ich also in den Wald hinein. Die hochgewachsenen Bäume mit ihrem dichten Laub wirkten beruhigend und waren ein kostbares Stück Natur, das man in der Stadt kaum noch sah.

Neben mir kam hinter einer dicken Eiche ein Häschen hervorgehoppelt und sah mich an. Verwundert über die Zutraulichkeit ging ich etwas näher an das kleine Tier heran. „Bist du Susanne?", fragte es mich.

Ich fiel aus allen Wolken. Seit wann konnten Hasen sprechen? Träumte ich? Das Häschen völlig entgeistert anstarrend, stotterte ich „Ja, w...warum?"

„Komm mit“, antwortete es und hoppelte davon.

„Warte“, rief ich und stolperte ihm hinterher, quer durch den Wald bis zu einem Loch, das wie der Eingang zu einem Bau aussah. Neugierig kroch ich hinter dem Tier hinein und krabbelte auf allen vieren immer weiter. Erst wurde es immer dunkler, doch plötzlich erstrahlte ein helles Licht am anderen Ende des Ganges. Dort angekommen richtete ich mich auf, blinzelte der Helligkeit entgegen und traute meinen Augen kaum.

Ich stand mitten auf einer saftig grünen Wiese und überall um mich herum waren Hasen, Füchse und weitere Tiere. Manche sammelten Blumen und legten sie in Weidenkörbe, andere transportierten Eier quer über die Wiese. Vollkommen verwirrt tapste ich über das Gras und sah dem eigenartigen Treiben zu. Abermals sprang ein Hase vor meine Füße. Mich beobachtend setzte er sich und wartete ab.

Endgültig denkend, dass es sich um einen Traum handeln musste, ging ich in die Hocke. „Warum habt ihr mich hergebracht?“, fragte ich, indem ich mich zugleich selbst für verrückt erklärte.

Der Hase legte den Kopf schief. „Vor ein paar Jahren steckte unser Chef in der Klemme“, antwortete er. „Du hast ihn verletzt gefunden, mitgenommen und gepflegt. Jetzt helfen wir dir.“

„Euer Chef?“, runzelte ich die Stirn und dachte nach. „Moment mal. Meinst du einen weißen Hasen?“

„Ja“, entgegnete der schwarze Hase vor mir. „Das ist unser Chef. Ihr Menschen nennt ihn den Osterhasen.“

Ich hatte damals den Osterhasen gerettet?

„Du verstehst, dass wir nicht zu deinem Haus kommen konnten. Das ist viel zu gefährlich für uns.“

„Sicher“, meinte ich und dachte an all die Tiere, die durch Autos zu Tode kamen.

„Und das hier bleibt unter uns.“ Abermals nickte ich. „Jedenfalls soll ich dir Folgendes vom Osterhasen ausrichten“, meinte der Hase, räusperte sich kurz und fuhr dann fort. „Ich danke dir für die Rettung und will mich revanchieren. Penny, die Stubenfliege, sah, dass das blonde Mädchen, das ihr Fiona nennt, im Büro deines Vorgesetzten war und den Ring entwendete.“

„Aber wie soll ich das beweisen?“, entgegnete ich deprimiert.

Der Hase sah mich pikiert an. „Ich war noch nicht fertig.“ Nach meiner Entschuldigung sagte er: „Den Ring hat sie im Pfandleihhaus am Markt versetzt. Nun geh und hol dir das zurück, was du dir hart erarbeitet hast."

Kurz herrschte Stille. Ich brauchte ein paar Sekunden, um das Ganze zu verarbeiten. Das war in der Tat alles, was ich wissen musste, um meine Unschuld zu beweisen. „Oh, danke, liebes Häschen", sprudelte es aus mir heraus. Ich krallte mir das Tier, umarmte es und knuddelte es ganz fest. „Und sag bitte dem Osterhasen auch vielen Dank von mir. Und Penny."

„Schon gut, Mädchen", keuchte es.

Im gleichen Moment sah ich, dass jeder, wirklich jeder um uns herum, seine Arbeit unterbrochen hatte, um uns anzustarren. Als ich den Hasen daraufhin schnell wieder absetzte, begann er sich wie verrückt zu putzen.

Überglücklich trat ich den Weg nach Hause an. Weil ich ihm vertraute, rief ich meinen Chef an und er stimmte sofort einem Treffen zu. Es stellte sich heraus, dass absolut alles stimmte, was der schwarze Hase mir gesagt hatte.

Einen Tag nach Ostern saß ich wieder an meinem guten alten Schreibtisch. Fiona war fort und an meiner Leselampe hing ein wundervolles Geschenk meiner Freunde aus dem Wald – ein von Jutta, der Henne, gelegtes, Horst, dem Dachs, ausgeblasenes und Karla, der Füchsin, bemaltes Osterei. Ich fand es am Ostersonntag auf dem Balkon im Blumenkasten.

Woher ich all ihre Namen kannte? Penny, die Stubenfliege, hatte sie mir zugeflüstert.

Mutter Erde, Vater Staat

Die Wälder gehen den Menschen voran,
die Wüsten folgen ihnen.

Francois-René de Chateaubriand

Schon Anfang des neunzehnten Jahrhunderts sah ein französischer Schriftsteller es derart klar. Tief einatmend schlug ich das Buch der gesammelten Zitate zu und stellte es zurück in die Nische über meinem Bett. Die meisten Bücher waren leider dem Winter zum Opfer gefallen. Feuerholz war so rar geworden, dass man es sich als Normalsterblicher nicht mehr leisten konnte, und die Belieferung mit Öl oder Gas für Heizungen wurde schon vor langer Zeit eingestellt. So mussten wir im letzten, bitterkalten Winter eine Alternative finden, die gut brennbar war. Bücher bestanden nun einmal aus Holz und erfrieren mussten wir so wenigstens nicht. Traurig blickte ich die Handvoll Bücher an, welche ich gerettet hatte und bei denen ich es nicht übers Herz brachte, sie in die Flammen zu werfen. Ganz links zum Beispiel stand ein über hundert Jahre altes Buch. Es war ein Science-Fiction-Roman mit abenteuerlichem Inhalt. Fliegende Autos und Roboter, die jegliche Arbeit für den Menschen verrichteten. Immer wieder brachte es mich zum Schmunzeln. Es war schon putzig, wie die Menschen im frühen einundzwanzigsten Jahrhundert sich ihre Erde in hundert Jahren vorstellten.

Einen Blick aus dem Fenster wollte ich gar nicht wagen. Es war der gleiche Ausblick, der sich mir jeden Morgen bot. Die Wolken so trüb wie grau eingefärbte Zuckerwatte. Seit fast einem halben Jahr hatte ich die Sonne nicht mehr gesehen. Hin und wieder regnete es, doch der Rasen unseres großen Gartens war schon seit langer Zeit nach Helligkeit lechzend verdorrt.

Ich fühlte mich ähnlich.

Ganz in Gedanken versunken blickte ich auf meine Nachttischlampe. Sie funktionierte mit Tageslicht, das sie speicherte, um in der Nacht Licht zu spenden. Sämtlicher noch verfügbarer Strom, der von den alten Windrädern aus dem einundzwanzigsten Jahrhundert stammte, wurde in die technischen Bereiche geleitet, die besonders wichtig waren. Nicht weit von hier gab es eine Fabrik zur Aufbereitung von Atemluft. Diese Fabriken übernahmen größtenteils die Arbeit, die früher Bäume und andere Pflanzen verrichteten. Das saftige Grün der Blätter war so selten geworden, dass die Kleinsten es oft nur noch aus Erzählungen kannten.

In einer der Fabriken arbeitete auch ich – als Maschinenprüferin, zusammen mit meiner besten Freundin Becky. Mit gerade mal neunzehn Jahren hatten wir beide schon so viel erlebt und überlebt, wie sonst mehrere Generationen, und das hatte uns zusammengeschweißt. Ich hatte keine Geschwister und doch eine Schwester.

Alles fing mit einem im Vorfeld als mehr oder weniger harmlos angekündigten Sturm im Jahre 2102 an. Ich war gerade fünf Jahre alt und interessierte mich noch mehr für Puppen und das Kinderprogramm im Fernsehen als für die Umwelt. Während unsere Stadt weitestgehend verschont blieb, wurde die nächste, die rund dreißig Kilometer entfernt lag, am Tag darauf vollkommen verwüstet. Hunderte Menschen starben alleine dort. Damals sagte meine Großmutter immer wieder, dass Mutter Natur nun genug erleiden musste. Sie würde sich wehren und das wäre nur der Anfang. Zu der Zeit verstand ich noch nicht, was sie meinte, doch schnell wurden mir die Augen geöffnet. Großmutter hatte den dritten und bis jetzt verheerendsten Weltkrieg überlebt und war im Naturschutz tätig. Sie wusste, wovon sie sprach. Leider verstarb sie vor zwei Jahren. Noch heute wünschte ich mir oft, sie könnte mir einen Rat geben.

Zwei Monate nach dem großen Sturm erschütterte ein Erdbeben der Stärke acht die gesamte Nordhalbkugel. Es folgten Tsunamis, die ganze Küstenregionen auslöschten. Da unsere Stadt weit im Inland lag, wurden wir erneut davon verschont. Lediglich die Eruption hatte Risse in der Fassade des Hauses verursacht.

Vater verschloss sie, so gut es ging. Mittlerweile glich unser Haus aber eher einem Flickenteppich, als einem Heim. In zwei Fenstern im

Erdgeschoss fehlten Scheiben. Mutter und ich hatten sie mit Brettern zugenagelt.

Irgendwann, als ich etwas älter war, fand ich ihren Schulatlas und verglich ihn mit aktuellen Aufnahmen der Erde. Ganze Inseln waren zwischenzeitlich geschluckt und Millionen Menschen einfach ausradiert worden. Unzählige Wissenschaftler stellten die abenteuerlichsten Thesen dazu auf, doch ich erinnerte mich an Großmutters Worte.

Der Mensch war über Jahrhunderte derart zerstörerisch zugange und irgendwann half es auch nicht mehr, dass eine Handvoll Gutmenschen anfing, Bäume zu umarmen und Plastiktüten zu vermeiden. Schon als unsere Gattung begann, Tiere zu jagen, die sie gar nicht mehr zum Überleben benötigte, sondern nur für Trophäen tötete, hätte man ihr biblische Plagen schicken sollen. Sie hätte in vom Himmel fallenden Kröten ersticken müssen.

Was waren wir doch für eine abstruse Lebensform?

Ich begriff, dass Mutter Erde unsere Population ausdünnen musste, damit sie weiter als Lebensraum aller Wesen fortbestehen konnte. Unterschiede konnte sie dabei nicht machen. Mittlerweile harrten wir einfach nur noch aus und warteten auf das nächste Desaster. Heute waren nur noch meine Mutter und ich übrig. Vater verließ vor drei Monaten die Stadt, um nach einem besseren Ort zu suchen, an dem man leben konnte. Seitdem hatte ich nichts mehr von ihm gehört. Immer wieder träumte ich von ihm, wie er die kaum überwindbare und von bis zu den Zähnen bewaffneten Männern bewachte Stadtgrenze zu durchqueren versuchte. Ich machte mir solche Sorgen.

Das war das nächste Problem der heutigen Zeit. Die Stadt wurde regelrecht isoliert. Zum Schutz und zur Abwendung weiterer Katastrophen, sagte der Bürgermeister. Nachrichten erfuhr man nur, nachdem sie durch etliche Raster gelaufen waren und geändert wurden, bis nur noch belanglose Dinge die breite Masse erreichen konnten. Hauptsache man kam nicht auf die Idee, den eigenen Kopf zu benutzen. Was war, wenn nicht nur die Umwelt schuld, sondern die Oberhäupter aus den eigenen Reihen eine wahre Plage waren? Ich kannte niemanden, der in der letzten Zeit die Stadt verlassen oder sie bereist hatte. War es auch so außerhalb der Stadtgrenze? Wie würde ein so unbedeutend kleiner Mensch wie ich das je erfahren können?

„Julia?" Durch das gekippte Fenster drang Beckys Stimme. Ich trat heran, um nachzuschauen. Ihr Fahrrad gegen einen Laternenmast gelehnt, stand sie auf der Straße und winkte mir lächelnd zu.

„Ich komme runter", nickte ich der Frohnatur zu und griff sogleich nach meiner Tasche, die auf der Fensterbank lag.

Nachdem ich mich von meiner Mutter verabschiedet hatte, nahm ich mein Fahrrad aus dem Schuppen und machte mich zusammen mit Becky auf den Weg zur Arbeit.

„Hast du nach der Arbeit noch etwas Zeit?", fragte sie zögerlich, als wir das wuchtige Tor des Fabrikgeländes erreichten.

Nickend schob ich den rechten Ärmel meines Pullovers hoch und hielt die Innenseite meines Handgelenks an den Scanner. Nichts passierte. „Verdammt", knurrte ich und Becky sah über mich hinweg auf das Gerät.

„Stimmt was nicht?" Wortlos streckte ich ihr mein Handgelenk entgegen und sie zog zischend die Luft ein. „Was hast du gemacht?"

„Mich am Ofen verbrannt. Am Wochenende", antwortete ich kleinlaut und rieb mir mit der linken Hand über den von einer Brandnarbe zur Hälfte unkenntlich gemachte QR-Code. Mein gesamter Alltag wurde dadurch lahmgelegt.

Diese Codes waren der neueste Streich des Landesaufsichtsamtes. Jeder Mensch des Landes wurde durch ihn gekennzeichnet und alle wichtigen Informationen konnten damit abgerufen werden. Er war eine Kombination aus der Weiterentwicklung eines Personalausweises und vielen anderen Dingen. Man konnte damit bezahlen und es wurde gespeichert, was man damit bezahlte. Das Bargeld wurde schon vor Jahrzehnten abgeschafft und man war so gläsern wie ein Wintergarten. Alles wurde überwacht.

Das erste Mal, als mir dies bewusst auffiel, war, als mein Kollege und guter Freund Daryl sich in das System des Aufsichtsamtes hackte und mir zeigte, was diese tätowierten Codes eigentlich taten. Die Tinte, welche in einem aufwendigen Verfahren hergestellt wurde und eine streng geheime Zusammensetzung hatte, wurde auch *Ortungstinte* genannt. Beim Stechen des Codes konnte man diesen also gleichzeitig einer Person zuweisen und sie ständig überwachen. Wo man im einundzwanzigsten Jahrhundert noch GPS-Geräte benötigte, waren diese jetzt vollkommen veraltet. Und mir war es schon vor Daryls

Aktion schleierhaft vorgekommen, wie Straftäter und vermisste Personen neuerdings so schnell aufgespürt werden konnten. Ich schwor ihm, niemandem davon zu erzählen. Zwei Tage später erschien er nicht mehr bei der Arbeit und bis heute blieb er verschollen. Zu diesem Zeitpunkt wurde mir klar, dass wir alle in einem Käfig steckten.

Big Brother is watching you.

Becky beugte sich über mich hinweg und hielt ihren Arm an den Scanner. Ein tiefer Ton erklang und das wuchtige Tor bewegte sich. Schnell stiegen wir von den Rädern und hielten den riesigen Schornsteinen entgegen, die angeblich frischen Sauerstoff in die Atmosphäre pumpten.

„Um sechs vor dem Tor, okay?", lächelte Becky, als sich unsere Wege trennten.

Nickend erwiderte ich ihr Lächeln. In Gedanken war ich neugierig, was sie mir erzählen wollte, und sorgte mich gleichzeitig, denn schon bald würde das Aufsichtsamt bemerken, dass mein Code nicht funktionierte und mich erneut tätowieren wollen. Der Allmächtige wusste, was passieren würde, wenn ich mich widersetzte. Jede Faser meines Körpers war dagegen, doch wie sollte ich mich wehren? Weder wollte ich meine Familie und Freunde in Gefahr bringen noch mich selbst.

Der Arbeitstag verlief ohne große Zwischenfälle. Eine Maschine fiel kurzzeitig aus, doch ich hatte schnell die Ursache gefunden und konnte sie beseitigen. Um sechs Uhr tippte ich schließlich meine Arbeitszeit manuell in den kleinen lichtbetriebenen Computer, den wir alle bei der Arbeit am Gürtel trugen, und verließ schließlich die Fabrik.

Becky stand bereits mit ihrem Fahrrad am Tor, als ich an meinem gerade das Schloss entfernte. „Komm mit", flüsterte sie schon fast und trat in die Pedale. Meiner Mutter hatte ich bereits mittags eine Nachricht geschickt, dass es heute spät werden würde, und so folgte ich meiner Freundin. Wir fuhren durch ein Viertel, das ich sonst nie durchquerte. Erst als wir in einer menschenleeren Straße ankamen, stoppte sie und ich hielt neben ihr an.

„Da vorne steht ein alter Fernseher. Siehst du ihn?"

Ich folgte ihrem Finger und sah in eine Sackgasse. „Ja", antwortete ich. „Was ist damit?"

„Es gibt eine Untergrundbewegung", grinste sie verschwörerisch.

„Sie nennt sich *1984*. Es sind ein paar Dutzend Leute. Ich weiß das von meinem Bruder.“

„Und?“, fragte ich erwartungsvoll.

Schnell hob sie die Hände und bedeutete mir, leiser zu sein. Fast schon ängstlich sah sie sich um. „Diese Leute kämpfen gegen den obersten Rat und die Bewachung der Bürger. Sie wollen einen neuen Lebensraum aufbauen. Das willst du doch auch, oder?“

„Sicher“, meinte ich und schaute sie verwirrt an. „Wo sind die Leute?“

Erneut zeigte Becky auf den alten, scheinbar wahllos abgeladenen Fernseher. „Da ist ein Störsender drin, der eine Ortung der Tinte verhindert. Obwohl ich denke, dass du momentan gar nicht geortet werden kannst. Auf dem Boden ist ein Kanaldeckel. Angeblich kann man da hinunter, durch ein Kanalsystem, das aus der Stadt führt und in einen anderen Ort jenseits des Gebiets des Aufsichtsamtes. Dort versuchen die Menschen, unsere Umwelt wieder aufzubauen und die Ländereien wieder bewohnbar zu machen.“

„Du machst Witze!“, lachte ich auf und konnte ihren Worten kaum Glauben schenken. Energisch schüttelte sie den Kopf. „Du willst mir ernsthaft erzählen, dass es einen Bereich gibt, den sie nicht kontrollieren? Abgesehen davon, dass wir die Stadtgrenze durchqueren, ohne dass jemand etwas merkt?“ Nachdrücklich zeigte ich auf den Gullydeckel.

Nun nickte Becky. Meine Freundin war durchaus ein abenteuerlustiger Mensch, der des Öfteren mal in Schwierigkeiten geriet, aber angelogen hatte sie mich noch nie. Im Gegenteil – sie war stets absolut ehrlich zu mir und das mochte ich besonders an ihr.

„Nun“, flüsterte ich und sprang von meinem Rad ab. „Sehen wir mal, ob dein Bruder recht hat.“

Die Räder versteckten wir in einem alten, verlassenen Hausflur, dessen Fronttür offen stand. Nachdem wir uns erneut vergewissert hatten, dass uns niemand gefolgt war, hoben wir gemeinsam den Kanaldeckel an, kletterten nacheinander hinunter in die Dunkelheit und schlossen ihn wieder. Für Sekunden war es stockdunkel, bis unter mir ein Lichtkegel erschien. Der kleine Wirbelwind hatte doch glatt an eine Taschenlampe gedacht.

Über eine Dreiviertelstunde schlichen wir durch die Stille, folgten winzigen Zeichen, die jemand in Steine geritzt hatte, bis schließlich ein schwaches Licht am Ende des Tunnels zu sehen war.

„Hier müssen wir hoch", wisperte Becky und steckte die Taschenlampe weg, damit sie die Streben besser greifen konnte. Mühevoll schoben wir den löchrigen Gullydeckel beiseite, krabbelten hinaus und sahen uns um. Offenbar befanden wir uns in einer großen Lagerhalle. Überall standen Fässer und Kisten.

Gerade wollte ich den Mund aufmachen, da brüllte eine männliche Stimme hinter uns: „Stehen bleiben! Hände über den Kopf!"

Becky sah mich fassungslos an und gehorchte, wie auch ich. Hinter den Kisten kamen fünf bewaffnete und vermummte Männer hervor, die allesamt auf uns zielten. Man hatte uns auf der Flucht vor dem Aufsichtsamt erwischt, das war mein erster Gedanke, und ich wollte mir kaum ausmalen, was jetzt mit uns geschehen würde.

„Becky? Bist du es wirklich?", fragte einer der Männer plötzlich, senkte seine Waffe und zog seine Sturmmaske vom Kopf. Es war ihr Bruder.

„Adrian", keuchte sie und fasste sich erleichtert ans Herz, bevor sie losstürzte, um ihn zu umarmen. Nun senkten auch die anderen Männer die Waffen und zogen die Masken ab.

Zuerst erkannte ich einen alten Freund. „Daryl?" Ohne es zu wollen, traten mir Tränen in die Augen. „Ich dachte, man hätte dich ..."

Lachend trat er auf mich zu und umarmte mich. „Beseitigt? Sie waren kurz davor. Meine Jungs haben mich aus der Zelle geholt."

„Ich habe niemandem etwas erzählt!", wisperte ich und klammerte mich an meinen tot geglaubten Freund.

„Ich weiß", antwortete er und strich mir behutsam über das Haar. Dann hielt er mir seine rechte Hand vor. „Dieses teuflische Ding war es."

Ich sah sein Handgelenk. Es sah aus, als hätte man das Tattoo mit einer Säure weggeätzt. „Um ihm zu entkommen, reicht es nicht aus, es zu lasern. Allerdings lohnt es sich", lächelte er und deutete auf die anderen Männer. „Das sind Gregor, Sammy, Fuchs und Beckys Bruder Adrian." Nacheinander grüßten mich die Jungs artig, ich nickte ihnen zu.

Gregor erklärte uns, dass ständig jemand in der Halle wachen würde, sollte man im Aufsichtsamt von diesem Ort erfahren und ihn zerstören wollen, um die Kontrolle über seine Schäfchen zu behalten. Es war der einzige Zugangspunkt dieses Ortes.

Ich konnte das kaum glauben.

„Bestimmt wollt ihr unser Projekt sehen, oder?“, fragte Adrian und führte uns zu einem großen Tor, das er mittels eines Schalters und einer Tastenkombination bediente. Der scheinbar tonnenschwere Rollladen des Tors verschwand Stück für Stück nach oben und ließ ein grelles Licht hinein. Geblendet blinzelte ich hinaus, der Sonne entgegen.

„Das kann nicht sein!“ Langsam, als wollte ich nicht fallen, trat ich, einen Fuß vor den anderen setzend, hinaus. Da waren Bäume, mit grünen Blättern. Sie waren noch klein, doch sie lebten. Genau wie das saftig grüne Gras unter meinen Füßen. Ich konnte durch die Bäume hindurch über Felder bis auf eine kleine Siedlung sehen.

„Wie ist das möglich?“

„Durch harte Arbeit kombiniert mit unserem heutigen Wissen und der aktuellen Technik“, antwortete Daryl, der nun neben mir stand. Ein Geräusch über mir ließ mich erschrocken zusammenzucken. „Was war das?“

Daryl lachte auf. „Das war ein Vogel. Die fühlen sich hier sehr wohl. In der Stadt hat man ja seit Jahren keinen mehr gesichtet.“ Er hielt mir eine große, rote Blüte vor das Gesicht. Vorsichtig roch ich an ihr, bevor er sie mir ins Haar steckte. „Wir müssen ganz von vorne anfangen, um die Erde von uns kurieren zu können“, meinte Daryl. „Jeden Tag gewinnen wir mit viel Geduld und Liebe ein paar Meter zurück und was sich einmal erholt hat, kann uns der Aufsichtsrat nicht mehr wegnehmen. Bald werden wir genug Leute sein, um uns zur Wehr setzen zu können. Dann befreien wir die Stadt von dieser Zwangsjacke und können neu anfangen. Zusammen.“ Er lächelte mich an. Dann verschwamm sein Gesicht.

Ein lautes Geräusch riss mich aus dem Schlaf und ließ mich im Bett hochfahren. Noch immer lagen Schatten der hellen Sonnenstrahlen auf meinen Augen. So real hatte ich noch nie geträumt. Erneut ertönte das Klackern und nun realisierte ich, dass es Steinchen waren, die jemand gegen mein Fenster warf. Hastig sprang ich aus dem Bett, lief zur Scheibe und blickte hinaus in das trostlose Grau. Unten stand

Becky. „Ich komme runter", rief ich und schaute auf meinen Lichtwecker. Es war früh am Morgen, Zeit, zur Arbeit zu gehen. Rasch griff ich mir in die Haare, um das Gewirr zu richten. Rote Blütenblätter rieselten zu Boden.

Heute war ein guter Tag. Es würde der Tag werden, an dem ich meine Mutter und meine beste Freundin mitnehmen würde. Dann würde ich Vater finden und auch mitnehmen. Alles, was ich hatte. Durch jenen dunklen Tunnel, in ein neues Leben.

Die vererbte Schuld

Das Leben ist kein Ponyhof.

So begrüßte mich Jelena, meine zukünftige Kollegin, am ersten Tag in meinem neuen Job. Sie war eine junge, hübsche Frau mit russischen Wurzeln und einem ehrlichen Lächeln, die fortan an einem Schreibtisch genau gegenüber dem meinen saß. Es war immer mein größter Traum, als Journalistin zu arbeiten. Alles fing mit einem Volontariat an, das ich in diesem Haus innerhalb meines Studiums machte. Damals erhielt ich die Zusicherung, nach meinem Studium hier anfangen zu können. Frisch von der Uni konnte ich direkt einen Schreibtisch im dritten Stock beziehen und mein Glück kaum fassen – zuerst. Sechs Monate waren seitdem vergangen.

In Gedanken versunken blickte ich auf das eingerahmte Foto meiner Familie, das ich neben meinem Bildschirm stehen hatte. Der erste Versuch meiner Eltern, ein Selfie zu machen. Im Hintergrund stand mein Bruder und zog eine Grimasse. Es brachte mich immer wieder zum Schmunzeln, egal, wie es mir ging.

„Gerber", brüllte eine Stimme aus dem Büro zu meiner Rechten und ich zuckte erschrocken im Stuhl zusammen.

Besorgt schaute Jelena mich über den Bildschirm hinweg an. „Ich glaube, heute bist du dran", flüsterte sie schon fast und duckte sich, als mein Nachname ein weiteres Mal geschrien wurde.

Sophie Gerber, das war ich und hätte ich vorher gewusst, dass mein Vorgesetzter der Teufel in Menschengestalt war, wäre ich vielleicht Buchhändlerin geworden und nicht so unglücklich. Meine Familie sah ich sehr selten, denn sie wohnte weiter weg. Damals, als ich unbedingt meinen Traumberuf finden wollte, musste ich dafür wegziehen. Wir telefonierten jedes Wochenende, doch mit meinen Problemen mochte ich sie nicht belasten. Sie machten sich sowieso schon viel zu viele Sorgen. Eins jedoch stand fest – wenn ich finanziell genug beiseitegeschafft hatte, würde ich hier kündigen.

Abermals grollte die Stimme aus dem Büro. „Gerber! Wird's bald!" Ich sprang auf, als hätte mich ein Nagel in den Hintern gepikt, und lief, so aufrecht und selbstbewusst, wie es eben ging, hinüber zum Büro. „Wehr dich, Soph", zischte Jelena hinter mir her und ich war entschlossen, dies auch zu tun, doch als ich die Bürotür öffnete und meinen Chef erblickte, fühlte ich förmlich, wie diese Flamme der Revolte augenblicklich erlosch.

Wie ein grausamer König auf seinem eisernen Thron saß der Tyrann auf seinem Bürostuhl, die Fingerspitzen aneinandertippend. „Aus welcher Kanalisation kommen Sie eigentlich gekrochen, dass Sie nicht wissen, wie man anklopft?", knurrte er und stand auf.

Sonst war ich kaum um Antworten verlegen, doch der einschüchternde Anblick des Mannes vor mir, der eigentlich mit seinen sechsundzwanzig Jahren gerade mal zwei Jahre älter war als ich, ließ mich nur noch wirres Gestammel hervorbringen. Ich schaffte es gerade so, die Tür hinter mir zu schließen. „Entschuldigung, Herr Wagner, aber Sie haben doch nach mir gerufen", presste ich mit Mühe hervor und erntete einen eiskalten Blick.

Wortlos nahm er eine Mappe vom Tisch und trat auf mich zu. Knapp anderthalb Meter vor mir blieb er stehen. Ich konnte sehen, dass es meine Arbeit in seinen Händen war, ein Bericht zu einem etwas heiklen Thema. Es ging um die Verschmutzung des Sees am Stadtrand und die Verbindung zu einem hochrangigen Politiker aus der Region. Über einen Monat saß ich an der Recherche. Es war eine waschechte Enthüllungsstory, auf die ich stolz war.

Wagner hob den Kopf ein Stück, um voller Verachtung auf mich hinabzuschauen. Mit Schwung schleuderte er die Mappe zu Boden, sodass einige Blätter hinausfielen und sich zwischen uns verteilten. Als ich mich, fassungslos nach Luft schnappend, danach bücken wollte, trat er darauf. Ich schaute hoch zu ihm und wich verstört zurück, bis ich mit dem Rücken gegen die geschlossene Tür prallte. Die Klinke bohrte sich schmerzhaft in meinen Rücken, als mein Chef einen Schritt über meine Arbeit auf mich zu machte.

„Sie wagen es, so eine dilettantische Arbeit bei mir abzuliefern", beschimpfte er mich. „Wir haben einen Ruf zu verlieren. Unsere Zeitung steht für Qualität und Sie kommen mit dieser drittklassigen Verschwörungstheorie!"

„Aber ... aber das ist alles wahr“, stammelte ich verzweifelt und den Tränen nahe.

Er stampfte auf mich zu und war nun so unangenehm nah, dass ich seinen Atem im Gesicht spüren konnte. Wütend schlug er mit der Handfläche genau neben meinem Kopf gegen die Tür und ich zuckte verängstigt zusammen. Mit dem Gesicht vielleicht fünfzehn Zentimeter von meinem entfernt, schaute er mich an. Ein paar braune Strähnen waren ihm während seines Wutausbruchs ins Gesicht gefallen. Für einen kurzen Moment veränderte sich sein Blick zu einem, den ich nicht zu deuten vermochte. Dann kehrte die Kälte zurück. Schwungvoll und mit den Worten: „Sie müssen wohl immer den steinigen Weg wählen. Vielleicht ist das noch einmal von Vorteil, aber nicht hier. Sie sind mit sofortiger Wirkung entlassen“, stieß er sich von der Tür ab und drehte mir den Rücken zu.

Mir wurde augenblicklich speiübel. „Was?“, fragte ich entgeistert, „Nein! Bitte nicht! Geben Sie mir bitte noch eine Chance!“

„Raus“, entgegnete er polternd und ich wagte es nicht, noch einmal zu widersprechen. Am Boden zerstört riss ich die Tür auf und stolperte hinaus, an meiner Kollegin vorbei, die mir etwas hinterherrief, das ich nicht verstand, und aus dem Büro heraus. Erst im Treppenhaus blieb ich stehen, begann zu schluchzen und fiel zitternd auf die Knie.

Es war schon dunkel draußen, als ich das Gebäude verließ. Zu allem Überfluss regnete es auch noch. Bis sieben Uhr hatte ich am Schreibtisch gesessen. Wo sollte ich jetzt noch Fuß fassen können? Man würde überall fragen, was ich im letzten halben Jahr getan hatte und wenn herauskäme, dass ich vom bekanntesten Blatt der Region entlassen worden war, würde mich niemand mehr nehmen wollen.

Kraftlos ließ ich mich auf den Fahrersitz meines Autos fallen und schaute in den Rückspiegel. Ich sah aus wie ein Pandabär. Um meine Augen herum sammelte sich eine Mischung aus Lidschatten und Eyeliner. Nasse Haare klebten in meinem Gesicht. Ich wischte sie, die Nase hochziehend, zur Seite, ließ den Motor an und fuhr blindlings los. Inmitten des strömenden Regens, den meine Scheibenwischer kaum packten, versank ich in einer Mischung aus Traurigkeit und Hass auf mich selbst.

Was war nur aus mir geworden? Hätte ich früher in der gleichen

Situation gesteckt, wäre die Bude zu klein gewesen. Und dieser Blick, den mein Chef mir kurz zuwarf. Er war so verwirrend. Mit einer Handbewegung wedelte ich das Bild aus meinem Kopf. Ich fühlte mich so müde. Die ganze Zeit hatte ich versucht, mich zu beherrschen. Ich würde morgen nur noch ein letztes Mal einen Fuß in dieses Büro setzen, und zwar, um meine Sachen zu holen. Dann würde ich zurück zu meinen Eltern gehen, eine Ausbildung in der Firma meines Vaters anfangen und nie wieder auch nur einen Gedanken an dieses misslungene, alte Leben verschwenden.

Plötzlich ruckelte der Wagen und wollte nicht mehr weiterfahren. Erst jetzt merkte ich, dass eine der Anzeigen neben dem Tacho rot blinkte. Kein Sprit mehr. Mist. Schlimmer geht immer. Ich hatte keine Ahnung, wohin mein gedankenversunkenes Hirn mich gebracht hatte. Entkräftet stieg ich aus dem Wagen in die Regenmassen, schaute die einsame Straße hinauf und hinunter und sah nichts. Nicht einmal einen anderen Wagen. Ich hatte mich verfahren und das in völliger Dunkelheit.

Verzweifelt schlug ich die Hände vor das Gesicht, holte tief Luft und fuhr mir mit den Fingern durch das triefend nasse Haar. Ein Licht abseits der Straße erweckte meine Aufmerksamkeit. War es schon eben dort? Kräftig schüttelte ich den Kopf und fasste den Entschluss, mein Auto zurückzulassen und nachzusehen, was dort die Nacht erhellte. Womöglich war es ein Wohnhaus. Dann konnte ich nach dem Weg zurück in die Stadt fragen und vielleicht hatte man dort etwas Sprit für mein Auto.

Mit einer schwachen Taschenlampe aus meinem Handschuhfach lief ich den matschigen, schmalen Feldweg entlang und nach einer Ewigkeit konnte ich ein Haus erkennen. Es war groß und unheimlich, doch in der Einfahrt stand ein Wagen und aus einem Zimmer im ersten Stock drang Licht, also war wenigstens jemand zu Hause. Entschlossen trat ich an die Tür und drückte die Türklingel. Es tat sich nichts. Mit halb zugekniffenen Augenlidern las ich das Namensschild über der Klingel und mir wurde sogleich schlecht. „Wagner", sprach ich für mich selbst ungläubig aus. Das hatte mir gerade noch gefehlt. War es ein Zufall? Vielleicht war es jemand, der genau so hieß, wie er. Es half nichts, ich brauchte Hilfe.

Mich zusammenreißend, klopfte ich an die Tür. Sie sprang aus dem Schloss und öffnete sich mit einem Knarren. Mit einer Mischung aus Unentschlossenheit und Neugier sah ich in einen schwach beleuchteten Flur. „Hallo? Kann mich jemand hören?“, rief ich, doch es kam keine Antwort. Mich zwingend, nicht nachzudenken, trat ich ein und knipste das Flurlicht an.

Es war ein schöner Raum, der Wärme ausstrahlte. Mit viel Liebe ausgesuchte Gemälde hingen an den Wänden und in den ersten Stock führte eine Treppe mit einem Geländer, das aussah wie goldene Ranken mit Blüten. Eins stand fest, mein Chef wohnte hier nicht. Auf einmal ertönte eine männliche Stimme aus dem ersten Stock. Es war wie ein Wehklagen. Jemand brauchte Hilfe.

„Ich komme hoch“, rief ich. Zwei Stufen auf einmal nehmend, lief ich die Treppe hinauf und horchte, woher die Stimme kam. Die Tür des Zimmers am Ende des Korridors war nur angelehnt und ein Streifen Licht drang hindurch. „Bin gleich bei Ihnen“, keuchte ich, riss die Tür auf und sah in den Raum. Es war ein Schlafzimmer und absolut niemand war zu sehen. Irritiert trat ich ein und traute meinen Augen nicht, als ich in den mannsgroßen Spiegel neben dem Bett schaute. Ich sah nicht etwa mein Spiegelbild, sondern einen seltsamen, dunklen Raum.

Völlig sprachlos rieb ich mir die Augen und sah abermals hin. Es war das Innere eines Turms oder Ähnliches. Ganz oben war ein Schacht, der den Blick zu einem rötlichen Mond gewährte. Ich ging näher heran und entdeckte eine kauernde Kreatur. Viel sehen konnte ich nicht, doch der Anblick der eisblauen Augen der Gestalt durchfuhr mich, wie ein Blitz. „Tim!“ Es war das erste Mal, dass ich meinen Vorgesetzten beim Vornamen nannte, und ich wusste gar nicht, warum ich das tat. War das eine Illusion? Und wenn ja, wie funktionierte sie?

„Er wird dich nicht hören.“ Blitzschnell drehte ich mich um und sah direkt in das Gesicht einer alten buckligen Frau. Sie trug ein eigenartiges, schwarzes Gewand und stützte sich auf einen knorrigen Stock. „Geh nach Hause, Mädchen“, befahl sie harsch, noch bevor ich sie fragen konnte, woher sie auf einmal aufgetaucht war. „Morgen früh ist er wieder hier. Wenn er morgens nicht zurück ist, bleibt er nämlich für immer dort und bleibt das, was du hier siehst.“

Unschlüssig, ob ich ihrem Rat einfach folgen und meine Beine in die Hände nehmen sollte, schaute ich erneut in den Spiegel, in diese unendlich traurigen Augen und zurück zu der alten Frau.

„Was hat das zu bedeuten?"

Sie grinste und zeigte dabei ihre moosig grünen Zähne. „Ich wüsste zwar nicht, was dich das angeht, Kleine, aber er sitzt seine gerechte Strafe ab."

„Wofür?", fragte ich wie aus der Pistole geschossen. Da kam wohl das Journalisten-Gen durch.

Sie stutzte kurz, begann dann zu lachen. Ein Geräusch, wie Fingernägel auf einer Tafel. „Sein Vater hatte eine Wette gegen mich verloren. Leider lebte er nicht mehr lange genug, um seine Wettschulden zu begleichen. Aber da ist ja noch sein Söhnchen, das nachts für mich auf die Jagd gehen kann."

Ich beobachtete, wie sie mit dem Stock einmal auf den Boden klopfte. Sekunden später öffnete sich eine Tür im Raum jenseits des Spiegels. Mondlicht drang hinein und offenbarte das volle Ausmaß der Gestalt. Sie war eine Mischung aus dem, was man aus Filmen als Werwolf kennt und gehörntem Dämon. Das Fell war tiefschwarz und die Klauen todbringend. Wie ein Schatten huschte die Gestalt hinaus in die Nacht.

Tim Wagner musste für seinen Vater eine Schuld begleichen? Für etwas, das er gar nicht zu verantworten hatte? Mit einem Schlag verstand ich, warum dieser Mann so abweisend und aufbrausend war. Ich empfand Mitleid und noch etwas, das ich nicht deuten konnte. Es schlummerte schon länger tief in mir und ich fasste es dort nie an. Gerade verursachte es einen Stich in meinem Herz. Eine eigenartige Welle von Wut brauste in mir auf.

„Wieso tun Sie das?", fragte ich, die alte Frau nicht anblickend.

„Weil ich es kann", kicherte sie, „und außerdem müsste ich mir sonst einen neuen Jäger aussuchen. Das ist lästig."

Fassungslos berührte ich den Spiegel und spürte, wie meine Finger durch ihn glitten wie durch Wasser. Was war das? Eine Art Portal?

„Tu das ja nicht", fauchte die Alte hinter mir. „Du bist am Rande deiner Welt und du wirst fallen!"

Ich verstand nicht, was sie mir sagte und es war mir auch egal. Ich würde ihn dort herausholen. Kein Mensch hatte so etwas verdient.

„Wage es nicht", kreischte die Frau hinter mir und ich spürte, wie etwas nach meinem Nacken griff, als ich mich einfach nach vorne in den Spiegel kippen ließ.

Ich fiel wirklich, doch irgendwie in Zeitlupe und in ein Nichts, das wie ein Strudel um mich herum und unter mir wütete. In der Erwartung, ich würde direkt in den anderen Raum treten, schrie ich erschrocken auf und hörte meine eigene Stimme an unsichtbaren Wänden widerhallen. Es erinnerte mich ein wenig an Alice, die den Kaninchenbau hinunterfiel. Mich zusammenreißend, versuchte ich, einen klaren Gedanken zu fassen. Schon oft hatte ich mich mit Übernatürlichem befasst, doch meistens stellten sich solche Phänomene als einfach erklärbare Dinge heraus. Ein Geist wurde zu einem doppelt belichteten Film und eine Ufosichtung zu einer Flugübung des Militärs. Doch was war das? War ich vielleicht im Auto eingeschlafen und träumte?

„Au!" Plötzlich endete der Strudel und den letzten Meter fiel ich ungebremst auf einen harten Boden. Mit schmerzendem Steißbein raffte ich mich auf und sah mich um. Nun stand ich in dem Raum, in dem noch eben Tim gewesen war. Ganz entfernt hörte ich jemanden hinter mir fluchen. Ich drehte mich um und sah einen Spiegel. Ich sah die alte Frau von eben im Schlafzimmer. Offensichtlich konnte sie mir nicht folgen.

„Du kommst nicht weit", plärrte sie. „Komm zurück in deine Welt! Wir können uns sicher einigen!"

In meine Welt? Ich war wirklich in einer anderen Welt! Wie konnte so etwas sein? Vielleicht war ich ja bis jetzt mein Leben lang einfach so damit beschäftigt, Erfolg und finanzieller Absicherung nachzulaufen, dass ich das Offensichtliche mit meinen Augen nicht wahrnehmen konnte. Nein, die Menschen waren wohl nicht allein, aber anstatt in anderen Galaxien nach Lebensformen zu suchen, sollten Wissenschaftler vielleicht öfter in ihre Spiegel schauen. War das der einzige Spiegel zu einer anderen Welt?

Ein Jaulen in der Ferne riss mich aus den Gedanken. Ich schaute aus der geöffneten Tür hinaus in den Wald. Vorsichtig streckte ich meine vom Aufprall schmerzenden Knochen und sah an mir herunter. Wann hatte ich mich umgezogen? Weder die rote Corsage mit der schwarzen Bluse noch die schwarze Hose kannte ich. Auch die Schuhe waren zwar bequem, doch würde ich mich daran erinnern, so etwas im Besitz zu haben. Immerhin, ich konnte mich gut darin bewegen. Ohne weiter nachzudenken, trat ich hinaus in den dichten Wald. Es war düster und unheimlich und da ich nicht den geringsten Schimmer hatte, wo ich war, tat ich das, was ich in solchen Situationen stets tat. Ich hörte auf meinen eigenen Körper. Mein Magen knurrte. Das war nicht das erhoffte Signal. Tief durchatmend, lief ich einfach los und immer weiter.

Von Zeit zu Zeit zuckte ich zusammen, wenn aus den verschiedensten Richtungen eigenartige Geräusche kamen. Plötzlich verfing sich mein rechter Fuß in irgendetwas. Es zog sich straff um meinen Knöchel und hob mich mit einem schmerzhaften Ruck daran hoch. Laut protestierend baumelte ich ein Stück kopfüber in der Luft, unfähig, etwas zu tun. Panisch blinzelte ich, pustete mir blonde Strähnen aus dem Gesicht und schaute einem Baum genau in die Augen. Einem Baum? Zumindest war es eine große Gestalt mit borkenartiger Haut und knorrigen Armen und Beinen. Sie hielt mich mit einer starken Wurzel fest, die wohl aus ihrem Arm wuchs und starrte mich mit ausdruckslosen Augen an.

„Lass mich runter, du ... du Ding“, wehrte ich mich verzweifelt und begann zu zappeln. Der Griff löste sich nicht. Stattdessen sprangen zwei weitere Gestalten aus den Büschen neben dem Baum. Auf den ersten, auf den Kopf gestellten Blick sahen sie wie gewöhnliche Männer aus.

„Gut gemacht“, lachte der eine. „Nur leider ist es nicht die Bestie.“

Der andere winkte ab. „Trotzdem ein überaus hübscher Fang.“

„Lasst mich runter, dann tue ich euch nichts“, knurrte ich und wunderte mich sogleich über meine eigenen Worte.

Die Männer lachten. Sogar der Baum schüttelte sich und ich baumelte wie ein Pendel hin und her, dass mir schlecht wurde.

„Ich glaube wohl kaum, dass du uns etwas antun könntest, Püppchen“, hustete der größere Mann vor Lachen. „Anders herum sieht es schon etwas anders aus. Immerhin haben wir auf unserer Wache schon seit Wochen kein Weibchen mehr gesehen.“ Mit der linken Hand strich der widerliche Kerl mir über die Wange. Mein Kopf schnellte zur Seite, meine Zähne bekamen sein Handgelenk zu fassen und schlugen sich knirschend in sein Fleisch, dass er vor Schmerzen aufbrüllte und mir reflexartig eine Ohrfeige gab. Mit glühender Wange sah ich sein blutendes Handgelenk und musste grinsen.

„Miststück“, brüllte der andere Mann und packte mich rabiat an beiden Armen, als neben uns ein Grollen zu hören war, das einem das Blut in den Adern gefrieren ließ.

Geschockt blickte ich zur Seite und sah in die leuchtend blauen Augen des Biestes, das ich suchte. Es machte einen großen Satz auf uns zu und ich kniff vor Furcht die Augen zusammen. Die Hände, die mich bis gerade noch an den Armen hielten, wurden von mir fortgerissen. Männer schrien und würgten. Die Schlinge um meinen Knöchel löste sich und ich fiel für heute schon zum zweiten Mal auf das Steißbein. Die Augen aufreißend, sprang ich auf und sah das ganze Ausmaß der Situation. Die Baumkreatur war in zwei Stücke gerissen worden. Neben ihr lagen die zwei leblosen Männer, von blutenden Wunden übersät. Erst jetzt sah ich, dass es keine Menschen waren. Sie hatten Kiemen an den Hälsen und spitze Ohren. Ich kannte diese Art von Kreaturen nicht.

Tim stand neben ihnen, knurrend und in furchterregender Größe. Er atmete schwer, seine Klauen und sein Maul waren voller Blut. Langsam näherte er sich und ich konnte es nicht erklären, doch ich verspürte keine Angst. Er hätte mich mit einem Schlag töten können, in einem Abwasch mit den anderen.

„Danke, Tim“, sprach ich und sah, wie seine Augen sich weiteten.

Im gleichen Moment waren Hufgetrappel und laute Stimmen hinter mir zu hören. Für eine Sekunde war ich abgelenkt und schaute über meine Schulter. Als ich wieder nach vorne sah, war das sonderbare Geschöpf bereits weit weg von mir. Es rannte fort.

„Warte“, rief ich und wollte ihm folgen, doch hinter mir fragte jemand: „Ist Ihnen etwas geschehen?“ Ich blieb, wo ich war, und drehte mich um.

Zwei Männer stiegen von großen, schwarzen Pferden ab. „Wir haben Schreie gehört“, meinte der zweite Mann und schaute an mir vorbei auf die halb zerfleischten Männer.

„Oh nein!“ Während der andere an mir vorbei zu den Opfern hastete, meinte er: „War das dieses Vieh?“

Ich sagte nichts, sah ihn lediglich an.

Er nickte. „Wir haben es wohl gestört, sonst hätte es Sie auch zerfleischt“, argumentierte er, legte mir eine Decke um, die er aus der Satteltasche genommen hatte, und ging mit den Worten „Sie sind jetzt in Sicherheit. Wir bringen Sie in die Stadt“ an mir vorbei zu seinem Kollegen.

Er hatte ja keine Ahnung. Wie in einem Schweizer Uhrwerk ratterte es in meinem Kopf. Ich musste etwas tun. Leise trat ich auf die Männer zu, die mir den Rücken zugedreht hatten, nahm einen großen Ast und schlug ihn dem linken über. Er ging stöhnend zu Boden. Der zweite erschrak und zog nach Luft schnappend sein Schwert. Ich schlug ihm mit dem Ast gegen die Hand und er ließ es aufschreiend fallen. Mich mit beiden Händen an seine Schultern klammernd, zog ich das rechte Knie an und er sackte keuchend zusammen. Ich wusste nicht, woher ich den Mut nahm und ich kannte mich selbst nicht mehr. Zielgerichtet ging ich zu einem der Pferde, sprang auf und ritt los, obwohl ich noch nie auf einem gesessen hatte. Ich steuerte die Richtung an, die auch das wolfsähnliche Wesen nahm. Der Teufel weiß, warum ich mich derartig gut auf dem Pferd halten konnte. Hin und wieder streifte mich ein Ast, doch das scherte mich nicht.

Es dauerte nicht lange, da sah ich die schemenhafte Gestalt des Mannes, der mir den Arbeitsalltag fast ein halbes Jahr lang zur Hölle gemacht hatte. Dennoch hatte ich nicht einen Funken Zweifel an dem, was ich hier tat. Es dauerte ein wenig, bis ich begriff, wo ich im Zickzack hinritt, als ich schließlich den Turm erkannte. Der Morgen dämmerte und die ersten Sonnenstrahlen kamen durch das dichte Geäst. Wenn es Tag wurde, kehrte Tim wohl zurück in die Welt, die ich auch mein Zuhause nannte.

Ich sprang vom Pferd ab und hastete in den Turm. Tim stand vor dem Spiegel und sah direkt in das Gesicht der alten Frau auf der anderen Seite. Als er mich bemerkte, drehte er sich zu mir um und begann zu knurren. Ich trat näher, während die Alte begann, mich wüst zu beschimpfen. Mit traurigen Augen schaute das Geschöpf mich an, als ich direkt vor ihm stehen blieb. Mit der Hand berührte ich seine Stirn, strich über seine Wange. Sanft legte er seinen Kopf in meine Hand. Völlig unerwartet spürte ich, wie seine Klauen meine Arme umfassten. Er packte und schleuderte mich mit einem Brüllen durch den Spiegel. Mein Kreischen hallte im Strudel wider. Nein, das durfte nicht sein! Ich erinnerte mich an die Worte der Alten. Wenn er bis Tagesanbruch in dieser anderen Welt blieb, würde er für immer als Biest dort hausen müssen. Diesmal vorbereitet auf den Aufprall, landete ich federnd auf dem Schlafzimmerteppich direkt neben der alten Hexe.

„Na, er muss dich ja wirklich mögen", witzelte sie und rammte den Stock auf den Boden. Langsam verschwamm das Bild des Spiegelportals. Außer mir vor Wut tat ich das Erste, was mir durch den Kopf schoss. Ich schnappte mir mit einer blitzschnellen Bewegung den Stock und brach ihn über das Knie in zwei Teile. Eine gewaltige Druckwelle ging durch das Zimmer und zerstörte die Fensterscheibe, jedoch nicht den Spiegel.

„Was hast du getan?", japste die Alte.

Ich sah zu, wie sie bewegungsunfähig begann, zu zerfallen. Ohne ein Wort zu sagen, beobachtete ich sie, bis nur noch ein Häufchen Asche von einem Windstoß durch das zersprungene Fenster getragen wurde. Mein Blick fiel auf den Spiegel. Noch immer konnte ich Tim auf der anderen Seite sehen. Aufbrüllend stemmte er beide Klauen gegen seine Seite des Spiegels. Er war gefangen.

Tränen begannen, mir die Wange hinunterzulaufen. Es war zu spät. „Nein, oh nein." Verzweifelt streckte ich meine Hände aus und legte die Handflächen auf die meines Gegenübers. Erschrocken merkte ich, dass ich nicht auf kaltes Glas traf, sondern auf warme Haut. Mein Atem setzte für einen Moment aus und Tim schaute mich verwundert an, als meine Finger sich in seinen verschränkten. Mit aller Kraft zog ich an ihm, stemmte meine Füße gegen den Sockel des Spiegels. Mit jedem Zentimeter, den ich Tim zu mir herüberzog, erhielt er sein menschliches Aussehen zurück.

Mit einem letzten Ruck riss ich ihn in der Gestalt meines Chefs heraus aus dem Rand der anderen Welt. Wir fielen beide keuchend auf den Teppich und standen schwankend wieder auf.

„Sophie", schnaufte er, sah an sich herunter auf seine zerrissene Kleidung und begann, so befreit zu lachen, dass ich mitlachen musste. Er tastete über seinen Oberkörper, japste „Du hast den Fluch gebrochen" und sah mir verwirrt in die Augen, als suchte er etwas tief in mir.

Für einen Moment war es vollkommen still.

Dann schnellte er nach vorne und küsste mich. Mein Herz machte einen Sprung, als seine Lippen meine berührten. Fest zog er mich in seine Arme, als hätte er Angst, dies alles wäre nicht real. Ich kannte dieses Gefühl.

„Ich habe versucht, dich fernzuhalten, als ich merkte, was ich für dich empfinde. Es tut mir so leid", flüsterte er in mein Ohr und vergrub sein Gesicht in meinem Haar. Eine wohlige Gänsehaut zog über meinen Rücken. Das war es, was ich die ganze Zeit über spürte. Es war Liebe.

„Du kannst mich feuern, so oft du willst. Ich weiche dir nicht von der Seite", wisperte ich und er lachte. „Du bist befördert zur Assistenz der Geschäftsführung."

Wir warfen die Reste des Stockes durch den Spiegel, zerstörten ihn und hofften, nie wieder über den Rand der Welt in eine andere springen zu müssen. Unsere Aversion gegenüber spiegelnden Flächen würde nie jemand verstehen.

Dem Vollmond entgegen

Ängstlich riss Marie die Augen auf und starrte zum Kamin. Die Flammen waren erloschen, nur noch die Glut glomm ganz schwach auf. Aufmerksam horchte sie in die Nacht hinein, doch außer dem scharfen Pfeifen des Windes war nichts zu hören. Der Wind. Immer wieder zerrte er aggressiv und beharrlich an den Fensterläden. Es war kalt in der Hütte. Sich müde streckend, stand das Mädchen auf und schlurfte zum Fenster. Der Vollmond schien ihr wie ein eisiger Ball entgegen und innen an den Scheiben hatten sich wunderschöne Eisblumen gebildet. Sofort beschlug die Scheibe von Maries Atem, der kleine, weiße Wölkchen bildete. Ihr Magen knurrte, hatte sie doch gestern Mittag das letzte Mal gegessen. Ihr Vater hatte eine Suppe auf dem offenen Feuer gekocht und sie hatten sich das letzte Stück Brot geteilt. Lange hielt die Suppe den Körper nicht warm und eine richtige Heizung gab es in diesem Blockhaus auch nicht. Also wärmten sie sich den Nachmittag über an den Flammen. Danach war er fortgegangen und wollte nach neuer Nahrung suchen.

Marie machte sich Sorgen, war ihr Vater doch noch nie so lange weg gewesen. Was sollte sie nur tun? Zu gerne würde sie nach ihm suchen gehen, auch wenn er ihr verboten hatte, ohne ihn einen Schritt vor die Tür zu machen. In den Schneemassen käme sie jedoch nicht weit. Niemand war da, der ihr helfen konnte.

Fröstelnd zog sie ihre Strickjacke enger um den Körper, tapste zur Tür und öffnete sie mit einem Ruck. Eiseskälte drang ihr entgegen und ein Haufen Schnee fiel ihr auf die Füße. Erschrocken sprang sie zurück. Dass in den letzten Stunden so viel weiße Masse heruntergekommen war, war ihr nicht bewusst. Die Fußspuren ihres Vaters waren schon lange nicht mehr zu sehen. Verzweifelt begann Marie, nach ihm zu rufen, mehr als einmal, doch es kam keine Antwort. Überhaupt war es so beklemmend still, dass man das Gefühl hatte, der Schnee verschlucke jedes Geräusch. Weinend vergrub sie ihr Gesicht in den Händen. Sie wollte nicht auch noch ihren Vater verlieren. Dabei hatte alles so harmlos angefangen. Ein Jahr war vergangen, seit Maries Mutter bei einem Flugzeugunglück umgekommen war. Marie vermisste sie so sehr, dass sie kaum noch etwas aß. Ihre Schulnoten verschlechterten sich, denn sie konnte sich immer weniger konzentrieren. Ihr Vater meinte, dass es ihnen beiden guttun würde, wenn sie in den Herbstferien in die Berge fuhren. Dort, jenseits eines großen Waldgebietes und auf einer kleinen Lichtung, gehörte der Familie seit Generationen eine Hütte. Es war schön dort. Zum ersten Mal nach langer Zeit fühlte Marie sich freier und auch ihr Vater veränderte sich, wurde wieder fröhlicher.

Dann, ganz plötzlich und ohne Vorwarnung, brach über Nacht der Winter ein. Am Morgen darauf lag bereits über ein halber Meter Schnee und mit dem Auto kam man nicht mehr fort. Sie waren völlig abgeschnitten von der Außenwelt. Es gab keine Nachbarn, kein Telefon und kein Handynetz. Zwar hatten sie einiges an Proviant mitgebracht, doch war dieser nun, nach über zwei Wochen, nahezu bis auf den letzten Krümel aufgebraucht.

Das Zeitgefühl hatte Marie schon fast verloren. Die Nächte waren entsetzlich lang und die Tage darauf ein Bild der Trostlosigkeit. Was, wenn ihr Vater irgendwo im Schnee eingebrochen war und nach Hilfe rief? Niemand konnte ihn hören. Nein, das ertrug sie nicht! Entschlossen, ihn zu suchen, zog sie ihre wärmste Kleidung, festes Schuhwerk und den Mantel an, den ihre Mutter ihr einst geschenkt hatte.

Mutig trat sie hinaus in die eisige Kälte. Der Wind peitschte ihr gegen den Kopf, als sie die Tür hinter sich schloss. Unschlüssig, wo sie nach ihrem Vater suchen sollte, schlug sie eine Richtung ein. Egal, wohin man wollte, man musste durch den Wald. Das Laufen fiel ihr sehr schwer. Immer wieder versank sie bis zu den Kniekehlen im tiefen Schnee, fiel mehrmals hin und stand mühevoll wieder auf. Der Weg bis zum Wald kam ihr vor wie ein Langstreckenmarathon. Keuchend lehnte sie sich an den ersten Baum, der ihr begegnete und sah dem dunklen Geäst entgegen. In der Nacht schien der Wald noch gespenstischer als tagsüber. Marie jedoch stapfte weiter durch die weißen Massen.

Früher mochte sie den Schnee immer sehr. Zu gerne baute sie Schneemänner oder ließ sich hinterrücks in den kühlen Puderzucker fallen, um einen Schneeengel zu machen. Jetzt schien es ihr, als wollte jede von ihr zerdrückte Schneeflocke sich an ihr rächen. Plötzlich knackte es hinter ihr. Zögerlich drehte sie sich um und erblickte drei Wölfe. Hungrig knurrend und die Zähne fletschend, schlichen sie sich an. Von Panik ergriffen, lief Marie los, so schnell sie konnte, doch es war zwecklos. Sie stolperte über eine von Schnee bedeckte Wurzel und fiel hin. Hastig drehte sie sich auf den Rücken und sah panisch in die Augen der vom Winter ausgezehrten Tiere. Vor Angst zitternd, krabbelte sie ein Stück nach hinten, und als eines der großen Tiere zum Sprung ansetzte, kniff sie aufschreiend und mit der Gewissheit, diesen Wald nie wieder lebend zu verlassen, die Augen zusammen. In Erwartung, angefallen zu werden, hob sie die Hände, senkte sie jedoch sofort wieder.

Erst japste einer der Wölfe auf, dann auch die anderen. Erstaunt öffnete sie die Augen und sah, wie immer wieder Schneebälle auf die Tiere geschleudert wurden – aus dem Nichts. Ängstlich wichen sie zurück und suchten schließlich das Weite. Sich mühsam aufrichtend, hielt Marie Ausschau nach dem, der die Schneebälle warf. Hinter einem Baumstamm flatterte ein Dutzend kleiner, eisblauer Gestalten hervor. Sie surrten zu Marie herüber und tanzten um sie herum. Wie kleine Elfen aus Glas sahen sie aus, mit den filigranen Flügelchen eines Schmetterlings.

„Danke für eure Hilfe“, sagte Marie.

„Du musst deinen Vater finden. Lauf dem Mond entgegen“, antwortete eine der Eiselfen und Marie traute ihren Ohren nicht.

Tränen traten in ihre Augen. „Mama?“ Das war ihre Stimme, die ihrer Mutter. Mit einem Zischen flogen die Eiselfen fort und ließen Marie schlagartig allein im Wald stehen. Hatte sie sich das gerade nur eingebildet? Sich die Tränen mit dem Ärmel ihres Mantels fortwischend, setzte sie vorsichtig einen Fuß vor den anderen. Sie musste weiter und schlug den Weg ein, den ihr die Eiselfe geraten hatte, zu gehen. Dem Mond entgegen.

Ohne weiteren Zwischenfall kam Marie durch den Wald und erreichte schließlich die schmale Straße. Als diese zu erkennen war sie nicht mehr wirklich, doch man konnte sehen, wie sich ein weißer Weg in Schlangenlinien ein Stück den Berg hinunterwand und in einem weiteren Waldstück verschwand. Vorsichtig folgte das Mädchen dem Pfad und atmete erleichtert auf, als es fast unten war. Auf einmal jedoch krachte es über ihr. Verwirrt sah Marie den Weg hinauf, Tonnen von Schnee entgegen, die sich ganz oben lösten und als Lawine niedergingen. Marie lief, so schnell sie konnte, doch war es unmöglich, der weißen Welle zu entfliehen. Wie eine Walze ging sie auf das Kind nieder und begrub es. Marie konnte sich nicht bewegen und hatte vollkommen die Orientierung verloren. Händeringend versuchte sie, Luft zu holen, doch war es lediglich Schnee, den sie in Nase und Rachen bekam. Sie war dem Ersticken nahe und allmählich wurde ihr schwarz vor Augen, da regte sich über ihr etwas. Es durchpflügte die Massen über ihrem Kopf, bekam sie unter beiden Armen zu fassen und zog sie mit einem Ruck heraus an die Oberfläche. Eine kalte Hand wischte Marie das Gesicht frei und holte den Schnee aus ihrem Mund. Hustend blinzelte sie ihrem Retter entgegen und konnte zuerst kaum etwas erkennen.

„Papa?“

Der Angesprochene schüttelte den wuchtigen Kopf. Nun erst erkannte Marie, wer ihr da geholfen hatte. Es war so ziemlich genau der Schneemann, den sie im letzten Winter mit ihrer Mutter gebaut hatte. Seine Augen bestanden aus zwei Knöpfen von einer ihrer alten Blusen und in seinem Lakritzschneckenmund steckte eine Pfeife, die ihre Mutter und sie einst auf dem Dachboden gefunden hatten. Marie lächelte, als der Schneemann sie auf die Beine zog und ihr mit den großen Fäustlingshänden den Schnee abklopfte.

„Danke, lieber Schneemann“, sagte sie. Er salutierte und verschwand mit einem lauten Puff. Das kleine Mädchen unterdessen lief weiter.

Der Morgen graute bereits, als Maries Knie nicht mehr weiterwollten. Mitten auf einem freien Feld, nahe eines Felsens, sackte sie zusammen und blieb liegen. Ihre Kleider waren durchnässt und sie konnte ihre Füße nicht mehr spüren. Das Gesicht zum Himmel gedreht, sammelten sich die Tränen in ihren Augen. Sie schluchzte leise und zog, so gut es ging, die Beine an den Körper. Sie konnte nicht mehr.

„Es tut mir leid, Papa. Mama", flüsterte sie kaum hörbar in den Wind hinein.

Es begann zu schneien. Schwach atmend schloss sie die Augen und spürte eine ungewohnte Wärme, die ihren Körper durchdrang.

„Gut gemacht, meine kleine Maus", antwortete eine Stimme.

Marie öffnete mit dem letzten Funken Kraft ihre Augen einen Spalt und sah ihre Mutter. Tausende Schneeflocken formten sie vor ihren Augen. „Mama", wisperte Marie zwischen gesprungenen Lippen hervor.

„Sssh", antwortet sie, „du brauchst nichts zu sagen. Jetzt wird alles gut."

Marie verstand nicht, doch sie hatte keine Kraft mehr, zu widersprechen. Dabei wollte sie ihrer Mutter noch so viel sagen. Aus der Ferne hörte sie ein lautes Brummen und sogleich verschwand das Schneegebilde. Schnee wurde aufgewirbelt und Marie hörte Schritte. Ganz verschwommen sah sie, wie sich jemand über sie beugte und die Hand an ihren Hals legte.

„Ein Glück, sie lebt noch!", rief er und jemand anderes entgegnete: „Ich habe noch jemanden gefunden, hier drüben." Nach einer kurzen Pause ergänzte er, „Der Puls ist schwach, aber da."

„Ein Glück, dass das Mädchen hier lag, sonst hätten wir den Mann gar nicht gesehen", antwortete der erste und hob Marie vorsichtig hoch in seine Arme.

Maries Vater war in eine Felsspalte gerutscht und konnte sich aus eigener Kraft nicht mehr daraus befreien. Obwohl sie sich darüber nicht im Klaren war, hatte sie ihn gefunden. Als sie im Schnee lag, war sie nicht einmal mehr fünf Meter von ihm entfernt. Zwei Piloten entdeckten Marie im Schnee und gingen mit ihrem Hubschrauber nieder.

Niemandem war klar, wie es ein elfjähriges Mädchen geschafft hatte, auf der Suche nach ihrem Vater eine derartige Distanz bei dieser Wetterlage zu überbrücken. Ebenso wusste keiner, warum sie ausgerechnet diesen Weg nahm, um ihn zu finden.

Marie wusste es.

War es Zufall?

Ganz sicher nicht!

Egal, was auch passiert – die, die man liebt, trägt man für immer in seinem Herzen. Sie sind immer da, wenn man sie braucht, sei der Weg auch noch so schwer.

Ich sehe was, was du nicht siehst

Ist man verrückt, nur weil man sieht, was andere nicht sehen können? Diese Frage begleitete mich schon mein halbes Leben. Es fing an, als ich sechs Jahre alt war. Damals wohnten meine Eltern mit mir in einem kleinen Haus am Rande der Stadt. Ich liebte unseren großen, wild gewachsenen Garten und verbrachte sehr viel Zeit darin. In einer Rosenhecke fand ich einmal ein Dutzend kleiner, silbrig leuchtender Wesen. Sie waren kaum größer als Hühnereier, und als sie bemerkten, dass ich sie beobachtete, zischten sie schwirrend in alle Richtungen davon.

Ich erzählte Mama davon, die in der Küche dabei war, das Frühstück vorzubereiten. Zuerst schien sie skeptisch, doch dann meinte sie, dass sie mir glauben würde. Sie stimmte sogar zu, als ich sie in den Garten mitnehmen und ihr diese außergewöhnlichen Tierchen zeigen wollte. Und tatsächlich – als ich mich mit ihr zusammen anschlich, waren die Wesen wieder in der Hecke. Aufgeregt fragte ich flüsternd, ob Mama sie auch sehen würde. Sofort stimmte sie mir zu. Als ich jedoch ihrem Blick folgte, sah ich, dass sie auf einen ganz anderen Punkt schaute. Dann tätschelte sie mir den Kopf und ging wieder zurück in die Küche. Vielleicht konnte sie die Tierchen nicht sehen, doch ich ließ mich nicht beirren.

Hartnäckig versuchte ich, die Geschöpfe über Nahrung zu locken, doch wusste ich nicht, was sie aßen. Zuerst probierte ich es mit einer Frikadelle, die ich heimlich vom Mittagstisch verschwinden ließ. Leider hatte ich damit keinen Erfolg. Nach etlichen weiteren Versuchen fand ich etwas. Es waren die Schokocookies, die meine Mutter oft backte. Ich legte einen in das hohe Gras vor die Hecke und zog mich zurück. Keine zwei Minuten dauerte es, da wagten sich mehrere Wesen aus dem Schutz der dornigen Hecke und stürzten sich darauf. Als ich mich vorsichtig hinter meinem Versteck hervorwagte, erschraken sie so sehr, dass sie in eine Starre fielen. Mit vollen Mündern hörten sie auf zu kauen und starrten mich mit großen Augen an. Erst aus der Nähe sah ich ihre kleinen, pelzigen Körper, die an Pompoms erinnerten.

„Ihr müsst euch nicht vor mir fürchten“, flüsterte ich. „Ich würde euch niemals etwas tun. Ich möchte eure Freundin werden.“ Langsam ging ich in die Hocke und streckte meine geöffnete Hand aus. Bedächtig kaute eines der Wesen weiter und begann, sich auf mich zuzubewegen. Wie in Zeitlupe surrte es ein kleines Stückchen über dem Boden auf meine Hand zu. Ich wagte nicht, auch nur zu atmen, bis es angekommen war. Mit seinem winzigen Näschen, das man durch das funkelnde Flauschehaar kaum sah, schnupperte es an meinem Zeigefinger. Während der ganzen Zeit schaute es mir wachsam ins Gesicht, als habe es Angst, ich würde jeden Moment einen Angriff starten. Dann plötzlich hüpfte es mit einem Sprung auf meine Hand und setzte sich. Es fühlte sich an, als läge ein Pfirsich auf meiner Handfläche. Überglücklich beobachtete ich, wie es das kleine Köpfchen schief legte.

„Soll ich euch noch mehr Kekse bringen?“, fragte ich. Ein heftiges Nicken verriet mir, dass es mich verstand. Dann begann es, mit seinen kleinen Flügelchen zu flattern. Es hob ab und flog zurück zum Cookie. Ich hatte neue Freunde gefunden. Fortan wagten sie sich sogar bis zu unserer Veranda, schauten mir zu, wenn ich dort meine Hausaufgaben erledigte und begleiteten mich, wenn ich Mutter im Garten half.

Einmal hörte ich meine Eltern miteinander über mich diskutieren. Mutter sagte, dass ich eigenartig geworden wäre und Dinge sehen würde. Sie wollte mich zu einem Therapeuten schicken. Vater jedoch meinte, dass es in meinem Alter normal sei, unsichtbare Freunde zu haben und dass diese Phase wieder vergehen würde. In meiner Anwesenheit taten sie weiterhin so, als würden auch sie daran glauben, dass diese kleinen Kobolde existierten. Sonst erzählte ich niemandem davon. Stets war ich fest davon überzeugt, dass meine kleinen Freunde alles andere als Einbildung waren.

Eines Morgens wachte ich von lautem Gebrumme auf und erschrak, als ich mein Zimmer hell erleuchtet sah. Dutzende der kleinen Wesen schwirrten an meiner Decke. Draußen war es noch dunkel.

„Was ist denn los?“, fragte ich verschlafen.

Da zogen die Tierchen mir gemeinsam die Decke fort und begannen, an meinem Schlafanzug zu zerren. Furchtbar aufgeregt quiekten sie durcheinander, als ich mich müde aufsetzte.

„Was habt ihr denn?", quengelte ich. „Ich muss doch erst in einer Stunde aufstehen. Huch? Ist ja gut, ich komme mit."

Einige der Wesen begannen, mich zu schubsen. Mich streckend stand ich auf und folgte ihnen. Ich trat in den hell erleuchteten Flur und schlurfte die Treppe hinunter zur Küche, wo mein Vater am Tisch saß und seinen Kaffee trank. Erstaunt blickte er mich über die Zeitung hinweg an. „Warum bist du denn schon wach, Schatz?"

„Ich konnte nicht mehr schlafen", log ich und beobachtete sogleich das Treiben der silbrigen Wesen.

„Na komm, ich mach dir Frühstück", stand mein Vater auf, gab mir einen Kuss auf die Stirn und ging zum Kühlschrank. Im gleichen Moment trat meine Mutter in den Türrahmen und die Wesen, begannen erneut, wie aufgescheucht und verrückt geworden umherzufliegen.

„Oh, guten Morgen, meine Kleine", lächelte Mama überrascht, wandte sich dann meinem Vater zu. „Weißt du, wo die Autoschlüssel sind? Ich kann sie nicht finden."

In dem Moment wusste ich, dass etwas absolut nicht stimmte. Mama hatte ihre Schlüssel immer in der Jackentasche. „Habt ihr sie versteckt?", wisperte ich den Wesen zu. Eines von ihnen ließ sich auf dem Tisch nieder und nickte. „Warum?"

Da flatterte es zu mir hoch und setzte sich auf meine Schulter. Im gleichen Moment sah ich Mutters Auto. Es war in einen schrecklichen Unfall geraten und vollkommen zerbeult. Es waren Bilder, die der kleine Kobold mir schickte.

„Oh nein!", stieß ich erschrocken aus und fing an, zu taumeln.

„Alles okay, Schatz?", fragte meine Mutter. „Vielleicht solltest du heute nicht zur Schule gehen." Sie fühlte meine Stirn. „Oh je! Du hast Fieber!"

„Ich bleibe zu Hause", entgegnete mein Vater. „Hier, du kannst meinen Wagen haben!" Mit den Worten kramte er seinen Autoschlüssel aus der Hosentasche hervor und gab ihn meiner Mutter.

„Nein! Mama, du darfst heute nicht zur Arbeit fahren!", keuchte ich verzweifelt und versuchte, ihr die Schlüssel zu entreißen. Sie jedoch hielt den Schlüsselbund hoch und sah mich entgeistert an.

„Liebes, was ist denn mit dir los?"

„Bitte geh nicht! Bleib hier, nur heute!", flehte ich sie an.

„Warum?", fragte sie vollkommen verwirrt. „E...es wird etwas passieren!", stotterte ich. „Es wird einen schlimmen Unfall geben!"

Meine Mutter runzelte die Stirn, dann meinte sie langsam: „Woher willst du das wissen? Hat das etwa mit diesen Kobolden zu tun? Haben sie dir das gesagt?"

Ich zögerte kurz. „Ja", sagte ich kleinlaut.

Zuerst schien sie furchtbar wütend, doch dann beruhigte sie sich wieder und strich mir über das Haar. „Du musst langsam erwachsen werden, Hannah. Das war nur ein Alptraum. Ich verspreche, vorsichtig zu fahren. Bis nachher." Sie nahm mich kurz in den Arm, winkte meinem Vater mit den Worten „Bis nachher, Schatz" zu und wandte sich ab, um zu gehen.

„Nein!", kreischte ich und wollte ihr hinterherrennen, doch mein Vater hielt mich fest.

„Beruhige dich, Hannah", rief er, mich wie ein Schraubstock umklammernd und ließ mich zusehen, wie meine Mutter das Haus verließ. Meine kleinen Freunde hatten versucht, die Tür zu blockieren, doch es funktionierte nicht. So sehr ich schrie und strampelte, Papa ließ mich erst los, als sie mit seinem Auto den Stellplatz verließ. Ich wusste, dass die kleinen Kobolde die Wahrheit sagten. Mit dieser Gewissheit und der Ohnmacht, nichts tun zu können, lief ich verzweifelt schluchzend zurück in mein Zimmer, verkroch mich in mein Bett und zog die Decke über meinen Kopf.

Um Punkt neun Uhr klingelte das Telefon. Sekunden, nachdem mein Vater das Gespräch angenommen hatte, brach er zusammen. Auf der Autobahn war das Auto eines Geisterfahrers frontal mit dem Wagen meiner Mutter kollidiert. Sie war sofort tot.

Es war der Tag, an dem auch mein Leben begann, mir zu entgleiten. In unendlicher Trauer musste ich zusehen, wie mein Vater abstürzte. Er konnte mir seit jenem Telefonat nicht mehr in die Augen sehen, begann zu trinken und verlor seine Arbeit. Zwei Monate später, an meinem zehnten Geburtstag, schickte man mich auf ein staatliches Internat. In dem Moment wusste ich, dass ich Vater und auch meine kleinen Freunde aus dem Garten nie mehr wiedersehen würde. Meine

Welt war restlos zerstört, sie lag in Scherben vor meinen Füßen. Alles, was ich hatte, war weg.

Ich war eine sehr ruhige, verschlossene Schülerin. Nachts weinte ich oft und tagsüber war ich so müde, dass ich kaum dem Unterricht folgen konnte. Erst eine Reihe von verschwindenden Dingen in der Schule weckte mein Interesse. Nachts legte ich mich auf die Lauer und entdeckte schlangenähnliche Wesen, die eine Vorliebe für die Dinge anderer hatten. Sich leise fortbewegend, stahlen sie Socken, Stifte, Hefte und andere Sachen. Gerne auch mal etwas Glitzerndes wie Haarspangen oder Schmuck. Ich folgte ihnen bis zu ihrem Versteck, das im Keller war und fand alles wieder, was in den letzten Wochen vermisst wurde. Schimpfend erklärte ich den gar nicht scheuen Wesen, dass dies nicht rechtens war und sie die Sachen zurückgeben mussten. Als ich dem Vertrauenslehrer davon erzählte, schaute er mich verständnislos an und folgte mir zum Keller. Am Ende sagten alle, ich hätte die Dinge gestohlen und ein schlechtes Gewissen bekommen. Niemand außer mir hatte je diese imaginären Schlangen gesehen. Alle hielten mich für eine Diebin und Lügnerin. An diesem Tag lernte ich endgültig, Dinge für mich zu behalten. Freunde fand ich dort nie. Ich wollte nicht mehr das sehen, was andere nicht sehen konnten und mit der Zeit stumpfte ich dank Therapeuten und Tabletten erfolgreich ab. Vielleicht hatte Vater recht – das war nur eine Phase, ich wurde erwachsen.

Nun, zehn Jahre später, hatte ich erfolgreich meine Prüfung als Rechtsanwaltsfachangestellte bestanden, hatte eine kleine Wohnung mitten in der Stadt und eine Handvoll Freunde gefunden, mit denen ich die Wochenenden verbrachte. Ich war genau wie all die anderen. Meine Eltern wären stolz auf mich gewesen. Zu meinem Vater hatte ich nie wieder Kontakt gesucht. Ich wusste nur, dass er noch lebte und das sollte mir genügen. Mutters Grab besuchte ich oft. Ich war die Einzige, die es pflegte.

Dieses Wochenende wollten zwei meiner Freunde mit mir in den nahe gelegen Hochseilpark im Eichenwald. Ich fuhr also die Landstraße entlang und hielt Ausschau nach Wegweisern, denn der Wald war groß. Auf meinem Weg lag auch ein Bauernhof, den ich erst heute bewusst wahrnahm.

Beim Vorbeifahren fiel mir ein stattliches weißes Pferd vor den Ställen auf, das immer wieder bockte und sich kräftig gegen die Person wehrte, die ihm das Zaumzeug anlegen wollte. „Ein Wildfang", dachte ich bei mir und wollte meinen Blick wieder abwenden.

Doch was war das? Ganz deutlich sah ich ein großes Horn mitten auf der Stirn des Tieres. Ein Einhorn? Heftig den Kopf schüttelnd, sah ich wieder nach vorne. So ein Schwachsinn! Das konnte nicht sein! Ich widerstand dem Impuls, noch einmal hinzusehen, gab Gas und fuhr weiter. Dann aber spürte ich tief in mir ein Gefühl, von dem ich dachte, ich hätte es vor langer Zeit verloren. Abrupt trat ich auf die Bremse. Ich war mir sicher über das, was ich sah, und ich musste es mir näher ansehen. Entschlossen wendete ich den Wagen und fuhr zurück.

Bereits als ich in die Einfahrt des Reiterhofs einbog, sah ich, dass mein Verstand mir nichts vorgegaukelt hatte. Es war ein Einhorn. Zumindest sah dieses Tier genau so aus, wie das, was man sich unter einem Einhorn vorstellte. Ich hatte zuvor noch nie eins gesehen. Es sah kräftig aus und unzähmbar. Rasch stellte ich den Wagen ab und stieg aus. Schon von Weitem faszinierten mich dieses makellos weiße Fell, die wilde Mähne und der lange Schweif. Es wieherte trotzig und erst jetzt sah ich, dass es einen Strick um den Hals hatte, den der Mann mit viel Mühe hielt. In der anderen Hand hielt er eine Reitgerte. Wie ein cholerischer Bauarbeiter brüllte er auf das Tier ein, holte aus und schlug es. „Hey!", brüllte ich aufgebracht und beschleunigte meinen Schritt. „Lassen Sie das!"

Der ältere Mann, dessen Gestalt der eines Bullen gleichkam, sah mich abschätzig an. „Ich habe den Gaul auf meinem Grundstück gefunden. Was auf meinem Grundstück ist, gehört mir!", grunzte er und spuckte neben sich in den Sand. „Und was mir gehört, kann ich behandeln, wie ich will!", grinste er, während das Tier neben ihm immer und immer wieder aufbockte.

Moment mal – er nannte dieses Wesen *Gaul*. Das bedeutete, dass er das Horn nicht sehen konnte. Wie sollte ich ihm jetzt nur klarmachen, dass er es freilassen sollte? Einhörner müssen frei sein – sie gehören niemandem. Da kam mir eine Idee. Gerade so noch weit genug von ihm weg, dass er ihn nicht lesen konnte – wenn er es überhaupt konnte – kramte ich meinen Mitgliedsausweis der städtischen

Bücherei aus der Tasche und zeigte ihn flüchtig, bevor ich ihn wieder wegsteckte. „Jutta Schmidt vom Veterinäramt. Wenn Sie das Tier nicht augenblicklich loslassen, sorge ich dafür, dass unsere Prüfer Ihre Bude einrennen. Dann können Sie diese gammelige Hütte schließen. Verstanden?“

Sofort wich das dämliche Grinsen aus dem Gesicht des Bauern. Wütend ließ er das Seil los und brüllte: „Nehmen Sie das Vieh doch! Macht eh nichts, als Ärger! Lassen Sie mich nur bloß in Frieden!“ Mit den Worten wandte er sich ab und stampfte aufgebracht in Richtung Stall davon.

Glücklich, dass mein Plan gelungen war, wandte ich mich nun dem wunderschönen Wesen zu. Mich ängstlich beobachtend, trampelte es nervös hin und her. Immer wieder scheute es zurück und wieherte, mich nicht aus den Augen lassend. Beruhigend versuchte ich, auf es einzureden.

Sein Fell war so weiß und glatt, dass sich das Licht der Herbstsonne darin spiegelte. Das Horn hingegen war gläsern, mit einem bläulichen Schimmer. Allein sein Anblick machte mich glücklich. Niemals gehörte ein Geschöpf, das eine so starke Wärme ausstrahlte, in so eine kalte, grausame Welt. Mit seinen dunkelblauen Augen schaute es direkt in meine – und wurde ruhiger.

„Hast du dich verirrt?“, fragte ich. „Kann ich dir helfen?“

Ein leises Schnauben kam als Antwort. Behutsam neigte das Tier seinen Kopf zur Seite und stupste mit seinem Horn vorsichtig an die Stelle meines Körpers, unter der mein Herz lag. Das Gefühl eines leichten Impulses strömte durch mich hindurch bis in die Fingerspitzen.

„Schon besser, oder?“, hörte ich eine weiche, angenehme Stimme sagen und sah mich erschrocken um.

„Wer ...?“

„Ich war das und ich danke dir“, antwortete die Stimme auf meine kryptische Frage.

Ungläubig blickte ich auf das Einhorn und hörte ein leises Lachen wie Wind, der durch die Krone eines Baumes weht. „Ich kommuniziere gerade über meine Gedanken mit dir, junge Menschenfrau“, meinte das Einhorn und deutete eine Verbeugung an. „Mein Name ist Renya. Du musst Hannah sein.“

„Ja“, antwortete ich verwirrt. „Woher weißt du das?“

„Das ist einfach. Du kannst mein Horn sehen. Du glaubst“, entgegnete Renya. „Es gibt nicht viele ausgewachsene Menschenwesen, die glauben. Fast alle eurer Art verlieren diese Gabe, wenn sie groß werden.“

Traurig schaute ich zu Boden. Diese *Gabe*, wie das Einhorn es nannte, hatte mich meine halbe Kindheit gekostet. „Nur eine Handvoll behält sie und den Namen jedes Einzelnen kennen wir“, fuhr Renya fort.

„Ihr?“, fragte ich, den Blick wieder nach oben richtend.

„Wir im Wald des ewigen Frühlings“, sagte sie und plötzlich sah ich einen Hauch von Verzweiflung in ihren Augen.

„Kannst du nicht zurück? Hast du dich vielleicht verirrt? Brauchst du Hilfe?“, überschüttete ich sie förmlich mit Fragen und spürte einen Funken der Hoffnung in ihr aufglühen.

„Der Wald ist in Gefahr und nur du kannst uns alle retten.“

Ich? Welche Kraft hatte ich, die sonst niemand hatte? „Ich bin keine Kriegerin oder so“, antwortete ich unsicher und Renya deutete auf ihren Rücken.

„Komm mit mir. Ich werde dir zeigen, was ich meine. Glaube mir, nur du kannst uns retten.“

Ich war noch nie geritten – weder auf einem Pferd noch auf einem Pony. Auf einem Einhorn? Blöde Frage. Eines stand aber fest. Ich würde diesem Wesen helfen. Auf einmal kamen Erinnerungen hoch, die ich lange verdrängt hatte. Die kleinen schwirrenden Lichter im Garten meines Elternhauses. Horden von Psychiatern hatten versucht, sie aus meinem Kopf zu bekommen, mit langen, ermüdenden Gesprächen. Bunte Pillen musste ich schlucken, damit man mich verändern konnte, bis ich so war, wie alle anderen auch. Schluss damit!

„Nichts wie los!“, meinte ich entschlossen, stieg auf und hielt mich fest.

Mit einem Satz galoppierte Renya los und steuerte den Eichenwald an. Es war nicht einfach, sich bei der Geschwindigkeit auf dem Rücken des Geschöpfes zu halten, doch vermittelte es gleichzeitig auch eine unbeschreibliche Sicherheit. Ich würde diesem Wesen mein Leben anvertrauen, ohne es je vorher auch nur gesehen zu haben.

Als wir schließlich den Wald passierten, wurden wir langsamer und an einem dicken, alten Baum hielten wir an. „Was jetzt?“, fragte ich und merkte, dass mein Hinterteil vollkommen taub war.

„Pass auf und halt dich gut fest“, antwortete Renya. Mit ihrem Horn berührte sie die Rinde des Baumes ganz sachte, doch das reichte, um einen silbrigen Funkenflug auszulösen. Vor meinen Augen weitete sich ein Punkt auf eine silberfarbene Fläche aus, die aussah, als würde man einen Spiegel zum Schmelzen bringen. Zwei Schritte wich Renya zurück und ich ahnte schon, was als Nächstes passieren würde. Mit einem Satz sprangen wir zusammen auf den geschmolzenen Spiegel zu und tauchten ein. Es war, als würde mein gesamter Körper mit lange gekautem Kaugummi bedeckt. Immer wieder entglitt mir die Mähne des Einhorns und ich konnte nichts sehen. Dann endlich passierten wir einen weiteren Spiegel und kamen federnd am Boden auf.

Ich blinzelte ein paar Mal und erschrak bei dem Anblick meines Umfeldes. Morsche Bäume, so weit das Auge reichte. Nebelschwaden zogen wie Wattefetzen umher. Dies war mal ein Wald, vielleicht sogar ein wunderschöner. Jetzt jedoch war es nur noch ein Friedhof der Dürre. Der schwarze Boden dampfte und die Sonne war hinter einer dicken, aschgrauen Wolkenschicht verborgen. Es roch nach verwesendem Fleisch.

„Oh mein Gott“, platzte es aus mir heraus. Ich spürte, dass das ungewohnte Gewicht auf Renyas Rücken sie müde machte und stieg etwas unbeholfen ab. Das war der Wald des ewigen Frühlings? „Was ist hier nur passiert?“

„Ein Dämon hat uns heimgesucht“, antwortete Renya. „Der erste seit Anbeginn der Zeit. Niemals zuvor gab es so viel Hass und Zerstörung in diesem Wald. Seine Wut ist verheerend und sein Fluch entzieht uns unsere Kräfte. Er tötet uns.“

„Wo sind deine Freunde, die ganzen anderen Wesen?“, fragte ich sofort, denn ich konnte außer uns keinerlei Leben sehen.

„Die giftigen Ranken haben sie verschluckt. Viele sind nicht mehr übrig. Die letzten haben sich zurückgezogen in das übrig gebliebene Stück lebenden Waldes. Um den starken Alphabaum herum. Doch auch dieser verliert jetzt ein Blatt nach dem anderen“, entgegnete das Einhorn. „Folge mir. Wer lange diesem vergiftenen Boden ausgesetzt ist, stirbt.“

Über eine halbe Stunde folgte ich dem schönen Wesen. Dann auf einmal erblickte ich mitten in der Dunkelheit einen lebendigen Fleck. Es war der Vorplatz eines Höhleneingangs. Sobald ich einen Fuß auf den weichen, moosigen Boden setzte, ging es mir besser. Die Beine des Einhorns jedoch umrankte bis zur Hälfte ein tiefschwarzer Schatten, der nicht zurückwich.

„Renya!“, rief ich und deutete auf ihre Beine.

„Das war es wert“, antwortete sie mit trauriger Stimme und sofort wusste ich, dass es das Gift war, welches sie vorher erwähnt hatte.

„Wir werden dich heilen! Wenn wir den Dämon besiegt haben, wird alles wieder gut“, meinte ich entschlossen, obwohl ich selbst nicht wusste, was ich tun sollte. Noch immer hatte ich keine Ahnung, wie ich mit der Situation verbunden war.

Zusammen liefen wir durch ein düsteres Höhlenlabyrinth, bis ein Licht in Sicht war. Mein Atem stockte, als ich sah, was sich dort befand. Unter dem Schutz einer riesigen Eiche verbargen sich mehrere Einhörner und einige Lichtwesen, die ich schon einst im Garten fand. Doch nun leuchteten sie nur noch schwach, als wären sie krank. Renya führte mich zu ihnen und ich sah, dass sie alle wie benommen waren. Einige wichen zurück, als fürchteten sie sich vor mir.

„Habt keine Angst“, meinte ich und ging in die Hocke, um ein verletztes Einhorn anzusehen. Etwas Schwarzes hatte sich in seinen Hals gebohrt und es konnte kaum noch seinen Kopf heben. Tränen traten in meine Augen. „Oh nein. Wer tut so etwas?“ Vorsichtig strich ich dem Wesen über die Stirn. „Nicht anstrengen. Das ist schlecht für dich.“

„Apollo“, hörte ich eine schwache Stimme an mich treten. „Mein Name ist Apollo, schönes Mädchen.“

„Hannah“, antwortete ich. „Freut mich sehr. Ich werde euch von diesem Fluch befreien, irgendwie. Ich verspreche es.“

„Ich weiß“, meinte Apollo. „Nur wird es für mich zu spät sein. Der Fluch steckt nun in meinem Blut und ist bei mir nicht mehr umkehrbar. Aber das ist in Ordnung, solange die anderen überleben.“

„Nein!“, schluchzte ich, richtete mich auf und sah herüber zu Renya. „Sag mir, wo der Dämon ist. Ich werde ihn vernichten!“

„Er haust auf der Insel in der Mitte des Sees im Norden. Ich komme mit dir.“

„Oh nein, ich werde alleine gehen! Das ist viel zu gefährlich!“, entgegnete ich und steuerte entschlossen auf die Höhle zu.

Rasch galoppierte Renya neben mich. „Dann stell dir einfach vor, ich sei nicht da.“ Verärgert sah ich sie an und da war es wieder, dieses angenehme und zugleich starke Gefühl. Egal, was ich sagte, Renya würde mitkommen.

Der Weg zum See war nicht weit und die bösartige Energie war bald so stark, dass mir zeitweise schwindelig wurde. Gleichzeitig merkte ich eine neue Emotion, die nicht meine eigene war. Und doch war sie mir vertraut. Die kleine Insel auf dem grünlich gefärbten See war so schwarz wie ein sternloser Himmel. Am Ufer stehend blickte ich auf das trübe Wasser und sah, wie Renya neben mir ihren Kopf senkte. Mit ihrem Horn tippte sie das Nass an und mit letzter Kraft ließ sie eine gläserne Brücke erscheinen, die nun die Insel mit dem Festland verband. Gleichzeitig schlangen sich die Schatten weiter um sie und verschlangen sie schließlich bis zum Hals. Sie knickte ein und fiel.

„Renya!“ Ich fiel neben sie auf die Knie und versuchte verzweifelt mit meinen Händen, das Schwarz von ihrem Kopf abzuwenden.

„Glaube, Hannah. Dann wirst du ihn besiegen. Und sei ihm nicht böse, er kann nichts dafür“, hauchte das Geschöpf, bevor der Fluch sein Gesicht und damit das letzte Stück des weißen, wundervollen Einhorns verschlang.

„Nein, oh nein!“, weinte ich, legte meinen Kopf auf seinen Rücken. Selbst in ihrem Tod hatte Renya noch Mitleid für dieses grausame Wesen. Doch was war das? Da war noch immer ein Herzschlag! Er war schwach, doch er war da. Wenn ich mich beeilte, könnte ich Renya vielleicht noch retten! Die schwarzen Ranken würden mich vermutlich nicht angreifen, denn ich stammte aus einer anderen Welt. Und bis jetzt hatten sie es auch noch nicht getan. Ich konnte ihm entgegentreten, konnte ihn besiegen.

Mit neuem Mut stand ich auf und lief los. Über die gläserne Brücke. Auf der anderen Seite angekommen, sah ich mich um. Hier war es noch schwärzer und nebliger als im Rest des Waldes.

„Komm raus, du Biest!“, brüllte ich mit nichts bewaffnet, als meiner Naivität. Noch nicht einmal eine Kampfsportart beherrschte ich. Plötzlich bewegte sich etwas vor mir. Der Nebel legte sich schlagartig und ich erschauderte fürchterlich beim Anblick dessen, was sich mir zeigte. In der gleichen Sekunde erkannte ich jemanden, den ich hier niemals und nie in einer solchen Gestalt in diesem Wald vermutet hätte. Mir wurde speiübel.

„Papa?"

Es waren seine Augen und mehr auch nicht. Sein Gesicht war hasszerfressen, der Körper zur Hälfte zerfallen und doch unglaublich stark. Was einmal Kleidung war, hing in Fetzen an ihm herunter. Ein giftiger, nach Alkohol stinkender Dampf umhüllte ihn. Sein Knurren ließ mir das Blut in den Adern gefrieren. War das noch mein Vater?

„Papa, was tust du hier?", versuchte ich, mit ihm zu kommunizieren.

„Ich habe keine Tochter", hörte ich ihn in tiefem Ton antworten.

Trotz meiner Furcht trat ich näher. „Erkennst du mich denn nicht?" Sofort hob er den Arm, was reichte, mir ohne Berührung sämtliche Luft aus den Lungen zu drücken. Ich begann zu würgen und zu husten. Hilflos griff ich mir mit beiden Händen an die Gurgel.

Er lachte grollend. „Dieses Viehzeug hat mein Leben zerstört und mir alles, was ich je liebte, genommen."

„Das stimmt nicht!", krächzte ich. „Sie wollten uns warnen! Und Mama ist trotzdem gefahren. Weil sie nicht an das glaubte, was man nicht sehen kann." Meine Worte brachten ihn aus dem Konzept. Er senkte den Arm, was neue Atemluft in meine Lungen brachte. „Und mir konntest du nicht einmal mehr in die Augen sehen. Mich hat man dir genommen, weil du angefangen hast, zu trinken und tagelang nicht nach Hause gekommen bist von deinen Kneipentouren!"

„Nein, das ist nicht wahr!" Sein Gesicht verzog sich, als habe er große Schmerzen. Etwas in ihm wütete unglaublich stark und bösartig. Es ließ ihn aufschreiend nach hinten taumeln.

Dann auf einmal sah er zu mir hoch. „Hannah, bist du das?", fragte er mit der Stimme, die ich kannte und ich sah eine Träne seine Wange hinunterlaufen.

„Ja!", lächelte ich und ging weiter auf ihn zu.

„Nein, bleib weg von mir!", schrie er, doch ich lief nun auf ihn zu, nahm ihn in den Arm und hielt ihn fest.

In dem Moment durchfuhren Hunderte schmerzhafter Stiche meinen ganzen Körper. Meine Beine sackten weg, doch mein Vater fing mich auf, bevor er mich vorsichtig ablegte. Er öffnete immer wieder weinend den Mund, doch ich hörte nichts mehr. Ich sah nur, dass er seine menschliche Gestalt immer mehr zurückerlangte und schließlich bis ins Nichts verblasste. Kraftlos bewegte ich den Kopf zur Seite, sah, wie Druckwellen von mir ausgingen, die die Dunkelheit immer weiter zurückdrängten. Das Wasser des Sees nahm eine azurblaue Farbe an. Tiefgrünes Gras wuchs vor meinen Augen und ich sah, wie sich am anderen Ufer des Sees eine weiße majestätische Gestalt aufrichtete. Renya. Ich hatte es geschafft, der Wald des ewigen Frühlings war in Sicherheit. Dann trübte sich mein Blick vollends und der stechende Schmerz raubte mir das Bewusstsein.

Wenn es an den Winterwochenenden draußen so richtig kalt war und das Schneegestöber so dicht war, dass man kaum bis zum nächsten Haus sehen konnte, zog ich mich immer gerne mit einer Decke auf die warme Ofenbank zurück. Mama machte mir dann einen Kakao, setzte sich mit einem meiner Lieblingsbücher zu mir und las mir etwas vor. Meist legte sich Papa dann vor uns auf den Teppich und lauschte mit. Diese Momente waren die glücklichsten in meinem Leben. Es war so wunderschön und so warm. So warm im Herzen.

„Wach auf, Hannah. Komm schon!", hörte ich ganz leise und weigerte mich zunächst, aus meinem glücklichen Traum entfliehen zu müssen. Doch dann durchfuhr mich eine weitere, warme Welle vom Herz bis in die Haarspitzen. Ich schrak auf. Etwas Helles blendete mich stark. Ich blinzelte ein paar Mal und erkannte die große weiße Gestalt. „Renya!", keuchte ich überglücklich und umklammerte ihren Hals. „Bin ich froh, dass du lebst!"

„Und ich erst, dass du am Leben bist", entgegnete sie lachend. „Ich habe drei Versuche gebraucht, das Gift aus dir herauszubekommen."

„Was ist passiert?", fragte ich sofort und sah mich um. Ich saß im Gras, mit dem Oberkörper gegen einen Felsen gelehnt. Gesunde, kräftige Bäume säumten die kleine Wiese. Einige blühten. „Wo sind wir?"

Renya stützte mich, als ich aufzustehen versuchte, und meinte: „Wir sind noch immer im Wald. Du hast all das Gift in dich aufgenommen und den Fluch besiegt."

„Sind die anderen Wesen wieder gesund?", sprach ich sofort aus, was mir in den Sinn kam.

„Zeigt euch, Freunde!“, rief Renya gen Himmel und alsbald traten aus dem Schutz der Bäume allerlei Wesen, sogar eine Chimäre und ein Drache. Auch Apollo, der seine Verletzung überlebt hatte – seine Wunde heilte bereits. Die Geschöpfe des Waldes hatten ihre Kräfte zurückerlangt und der Dämon war fort.

Papa!

„Mein Vater, wo ist er?“, fragte ich und sah, wie Renya in den Wald deutete. „Was du auf der Insel sahst, war nur seine Seele. Sie war voller Hass und Wut auf das, was ihm seiner Meinung nach seine Familie genommen hatte. Du hast dem Dämon den Nährboden genommen. Nun wirst du ihn in deiner Welt finden. Ich bringe dich zu ihm, wenn du willst.“

„Ja“, nickte ich. „Er braucht mich. Und ich brauche ihn.“

Draußen fielen dicke Schneeflocken. Beladen mit einer Schüssel voll Kekse tapste ich ins Wohnzimmer. „Nicht so schnell essen, das gibt Bauchweh“, ermahnte ich die kleinen silbrigen Lichtwesen, die es sich auf der Decke gemütlich gemacht hatten, welche ich auf der Ofenbank drapiert hatte. Alle nickten sie brav, doch ich wusste genau, dass sie sich darauf stürzten, sobald ich das Wohnzimmer verließ. Ich war froh, zurück in meinem Elternhaus zu sein.

Papa hatte es nicht halten können und war zuletzt obdachlos, doch nun würde ich alles wieder auf Vordermann bringen. Heute Nachmittag würde ich Papa in der Klinik besuchen gehen. Er machte erfolgreich einen Entzug. Sicherlich gab es noch viel aufzuarbeiten, doch wir näherten uns immer mehr einander an. Den Mantel zuzurrend, ging ich hinaus in die klirrende Kälte. Im Garten spielten zwei Drachenbabys im Schnee. Eines musste gerade niesen, fackelte dabei mit einem dünnen Feuerstrahl meinen Briefkasten ab und blickte mich sofort schuldbewusst an.

„Gesundheit! Schon gut, nichts passiert. Waren eh nur Rechnungen drin“, winkte ich schmunzelnd ab und stieg ins Auto.

Ich hatte mein Leben zurück.

Karma schlägt zurück

Warum Menschen sich so etwas Grauenvolles freiwillig antun, war mir schleierhaft. Die Aufregung, Schwindel und das Hab und Gut, welches sich mittendrin aus den Taschen verabschiedete – gerade wäre ich wirklich gerne an einem anderen Ort gewesen. Auch wenn es mein Zahnarzt wäre, ich würde mich nicht beschweren. Und doch saß ich hier, im vordersten Waggon einer der höchsten und schnellsten Achterbahnen der Welt. In diesem Moment wurde der Sicherheitsbügel hinuntergelassen und ich hätte dem zuständigen Schausteller dafür gerne die Augen ausgekratzt.

Mein Puls – ach, was redete ich da. Ich hatte doch gar keinen mehr. Ich atmete tief durch und dachte an meine Mission. An den, der mich in diese furchtbare Lage gebracht hatte. Markus, meine Begleitung, grinste mich schadenfroh an. Wie er auf die Idee kam, mich auf eine Achterbahn zu schleifen? Sie gehörte ihm!

„Na Süße? Gefällt es dir?", säuselte er mit einem süffisanten Grinsen und ich nickte ihm lächelnd zu, als die Bahn sich in Bewegung setzte und sich knarzend hundertzwanzig Meter nach oben schraubte.

Beunruhigt dachte ich an die Worte meines Kollegen. Ich konnte nicht sterben. Wie auch? Ich war ja schon tot. Einfach die Sache durchziehen; und wenn alles klappte, würde alles wieder so wie früher werden. Dutzende Schreie hinter mir rissen mich aus meinen Gedanken und ich blickte mit aufgerissenen Augen in den Abgrund. Mein eigener Schrei erstickte, als mir die Luft aus den Lungen torpediert wurde. Das war das Ende, ganz sicher! Panisch krallte ich mich am Bügel fest. Keine Ahnung, warum nicht mehr Menschen auf Achterbahnen einfach tot umkippten. Nur Markus hatte neben mir einen unglaublichen Spaß. Er würde die Retourkutsche schon noch bekommen.

Mein Name war Julia Dürkner, bevor dies alles passierte. Ich war eine glückliche, junge Frau von vierundzwanzig Jahren, die mit ihrer

Familie in einem großen Haus wohnte und in der Stadtbibliothek arbeitete. In meiner Freizeit schrieb ich kleine Geschichten für Zeitungen, spielte Basketball mit meinen Freunden und machte *Forschungsexpeditionen* mit meiner jüngeren Schwester Hannah. So nannte sie unsere Ausflüge, in denen wir Pflanzen und Tiere untersuchten und Materialien für Vogelhäuser und Igelheime sammelten, die wir dann gemeinsam in der Garage zusammenschusterten.

Mein Leben war wundervoll, bis zu jenem Abend im September, der alles zerstörte. Ich hatte meine erkrankte Kollegin in der Bibliothek vertreten, fuhr gegen sechs Uhr auf der Landstraße durch ein Waldstück nach Hause und freute mich schon auf die gemütliche Couch. Es war nicht sehr viel Verkehr und ich dachte noch, dass ich die Strecke so in vielleicht einer Viertelstunde schaffen würde, da kam mir auf der Gegenfahrbahn ein Auto entgegen. Plötzlich fing es an zu schlenkern und schleuderte. Das Letzte, an das ich mich erinnern konnte, waren zwei runde, mich fürchterlich blendende Scheinwerferlichter. Ich konnte nicht mehr ausweichen.

Nach einem kurzen Filmriss wachte ich in einem hell erleuchteten Büroraum auf dem Boden auf. Vollkommen verwirrt raffte ich mich auf und entdeckte einen großen schlanken Mann im schwarzen Anzug, der auf einen Bildschirm starrte. Ich fragte, wo ich mich befinden würde, und sah, wie er sich zu mir umdrehte. Erst da erinnerte ich mich an das, was passiert war. Erschrocken sah ich an mir herunter und konnte nicht den kleinsten Kratzer an mir erkennen.

„Oh, Sie sind schon angekommen. Das ging schnell“, sagte der Mann, welcher von einer auf die andere Sekunde vor mir stand und mir die Hand reichte. Er hatte schwarzes, streng nach hinten gekämmtes Haar und trug eine die Augen verdeckende Sonnenbrille.

„Bin ich tot?“, fragte ich. Tränen füllten meine verwirrt dreinblickenden Augen.

„Ich fürchte ja“, antwortete der Mann und führte mich hinter seinen Schreibtisch zum Bildschirm. „Am besten, Sie schauen sich das selbst an. Dann werden Sie verstehen“, meinte er.

Ich gehorchte und sah die Straße, welche ich befahren hatte. Dann mein Auto, das zusammengeschoben war wie eine Ziehharmonika. Ein weiterer Wagen stand meinem frontal gegenüber. Er hatte weitaus weniger abbekommen. Neben meinem Auto lag ein Körper, den ich nicht erkennen konnte, weil mehrere Sanitäter sich über ihn gebeugt hatten. Und dann stand da noch ein Mann, der sich den Kopf hielt. Und immer wieder aufgeregt versuchte, mit den Sanitätern zu sprechen. Diese jedoch hörten ihm nicht zu. Auch ich hörte ihn nicht. Einer der Sanitäter schüttelte den Kopf.

Mit zitternder Stimme fragte ich, ob dieser leblose Körper ich war.

„Ja“, antwortete der Mann neben mir.

In dem Moment brach ich zusammen. Wer wusste, was nun passieren würde? Ich würde meine Familie, meine Freunde nie wiedersehen. Alles war vorbei, so schnell wie ein Augenzwinkern. Ich sah den Mann an, bettelte, dass ich zurück zu meiner Familie könnte, doch er verneinte. Ich flehte ihn an, sie wenigstens noch einmal sehen zu dürfen, doch er gab nicht nach. Stattdessen ging er an einen Aktenschrank, zog eine Schublade auf und nahm eine Mappe heraus, um darin zu blättern.

„Wer sind Sie?“, fragte ich ihn, als er erneut zu mir aufschaute.

In dem Moment konnte ich einen Blick auf die Akte werfen. Mein Name stand darauf. Was er dann sagte, würde ich nie wieder vergessen.

„Sie wissen bestimmt, dass jede Institution auch eine Verwaltung braucht. Ich bin so etwas, wie der Vorgesetzte in dieser Verwaltung, die aus Abertausenden Angestellten besteht. Unsere Aufgabe ist es zu sortieren, zu beschützen und zu transportieren.“ Als er meinen skeptischen Gesichtsausdruck sah, ergänzte er: „Sie haben doch bestimmt schon etwas von Himmel und Hölle gehört, oder? Nun ja, die Vorstellung der Menschen davon ist nicht ganz korrekt, aber so etwas in der Art gibt es wirklich. Ich sorge dafür, dass alles reibungslos funktioniert. Es gibt eine Logistikabteilung, die Ablebende an ihr jeweiliges Ziel transportiert. Dann haben wir eine Abteilung, die sich die Taten der Menschen genau anschaut und bei der Entscheidung, ob Himmel oder Hölle, ein Mitspracherecht hat. Natürlich gibt es auch Sachbearbeiter, ohne die das alles hier nicht laufen würde. Der ganze Papierkram eben. Und dann haben wir noch die Schutzengel. Ihrer hat übrigens kläglich versagt. Ihre Zeit ist noch lange nicht gekommen!“

Mühsam seinen Worten folgend, antwortete ich: „Dann kann ich wieder zurück?“

„Aber nein!“, lachte er. „So einfach ist das nicht.“ Er schien nachzudenken, schaute wieder auf meine Akte und rieb sich die Stirn. „Allerdings kann ich Ihnen vielleicht einen Deal anbieten.“ Lässig schnippte er mit den Fingern der freien Hand und sofort erschien ein beschriebenes Blatt Papier zusammen mit einem Füller auf seinem Schreibtisch. „Lesen Sie es sich gut durch. Und wenn Sie einverstanden sind, unterschreiben Sie.“

Ich tat das Einzige, was ich tun konnte. Ich klammerte mich an den hoffentlich rettenden Strohhalm. Sofort nahm ich das Blatt Papier an mich und fing an zu lesen. Dort stand etwas von einer bestimmten Klausel. Aufgrund akutem Personalmangel sollte ich in anderer Erscheinung zurück auf die Erde reisen und zusammen mit dem Ältestenrat der Zwischenwelt über fünfzig Menschen urteilen. Auf keinen Fall durfte ich in der Zeit Kontakt zu meiner Familie oder meinen Freunden aufnehmen. Wenn ich meine Arbeit korrekt verrichtete, würde man mich zurückbringen. Zu dem Moment ein paar Sekunden vor dem Unfall. Ich dachte nicht nach – augenblicklich griff ich nach dem Füllfederhalter und unterschrieb.

Und nun saß ich hier, neben Markus, dem Ehebrecher und Betrüger, der mich für seine zukünftige Eroberung Nummer sechzehn hielt, während seine Frau sich zu Hause nichts ahnend zu Tode bügelte und putzte. Am Anfang war es furchtbar schwer für mich, Schicksal zu spielen, doch der Gedanke an mein Leben hielt mich immer aufrecht. Markus war Nummer neunundvierzig. Wenn ich ihm die Hölle heiß gemacht hatte, würde nur noch eine Aufgabe kommen und dann könnte ich zurück. Zeit war seit meiner Rekrutierung nicht viel vergangen, schätzte ich. Mein Vorgesetzter, den alle nur *Boss* nannten, erklärte mir, dass Zeit, dort wo wir agierten, null und nichtig war. Sie wurde nicht angehalten, sondern war einfach nicht vorhanden. Ich benötigte keinen Schlaf mehr, aß nur noch, wenn es meine Arbeit voraussetzte, und konnte mein Aussehen wandeln, wie ich wollte – solange ich nicht in mein wirkliches Ich wandelte.

Wenn ich nicht arbeiten musste, unternahm ich etwas mit meiner Kollegin Grace, die in der Transportabteilung arbeitete. Sie war mir eine gute Freundin geworden und wir redeten viel. Wie ich erfuhr, arbeitete sie schon länger im Dienste unseres Bosses und war für die

Einteilung der Fährmänner zuständig. Je mehr ich in diesen riesigen Verwaltungsapparat hineinsehen konnte, desto größer wurde er. Wie ein kleiner Ameisenhaufen unter dem eine drei Meter tiefe Stadt mit einem Durchmesser von acht Metern lag.

Ich war Entscheider. Eigentlich ist das ein langweiliger Name für das, was ich tat. Und ich war so eifrig dabei, dass man mir unter Kollegen den Beinamen *Karma* gab. Anfangs mochte ich meinen neuen Namen nicht, doch ich gewöhnte mich daran.

Endlich hielt die Achterbahn an und die Bügel ließen sich hochschieben. Schnell, wie der Wind hüpfte ich hinaus und hörte Markus hinter mir lachen. Schon hatte er wieder einen Arm um mich geschlungen. Er sah wirklich gut aus in seinem Armani-Anzug und mit leicht ergrautem Haar an den Schläfen. Wenn er jetzt noch treu bleiben könnte, nicht mehr das Geld seiner Firma veruntreuen würde und nicht schon dreimal versucht hätte, seinen Kollegen, auf dessen Stelle er scharf war, umzubringen, könnte man ihn noch retten.

Wegen dieses elenden Kerls hatte ein Schutzengel furchtbare Migräne. Meine Begleitung trug immer eine Waffe bei sich, das wusste ich. Die Glock war auf ihn registriert. Früher hätte ich Angst gehabt, er würde mich einfach abknallen, wenn ich mich falsch verhielte. Nachdem ich jedoch bei meinem Fall Nummer achtzehn von einem Mörder, der mich für eine verdeckt ermittelnde Polizistin hielt, mittels eines Maschinengewehrs durchsiebt wurde und einfach nicht umfiel, sah ich das gelassen. Der Kerl bekam übrigens aufgrund dessen einen Herzinfarkt und konnte sofort in den Hades befördert werden. Seinen letzten Atemzug verschwendete er darauf, mich eine Hexe zu nennen. Hoffentlich begegnete ich ihm nie wieder auf dem Firmengelände.

Es wurde langsam dunkel und ich konnte den nächsten Satz meiner Begleitung erahnen, noch bevor sie ihn aussprach. „Komm, wir trinken noch was bei mir und machen uns einen schönen Abend", grinste Markus. „Hier draußen wird es ungemütlich kalt."

Es war mindestens das sechzehnte Mal, dass er diesen Satz zu einer Frau sagte, die nicht seine Ehefrau war. Ich hatte Beweise dafür. Sein Adressbuch, das ich durchtelefoniert hatte und in dem fünfzehn Vornamen von Frauen standen, die über den ganzen Globus verteilt lebten. Seine Kontoauszüge hatte ich auch bereits gefilzt, doch er wusste nichts davon. Nachts war ich in sein Haus am Strand eingestiegen, hatte ihm und der braun gebrannten Schönheit im Bett eine Dosis Schlafsand verabreicht und dann seinen Aktenkoffer, den er immer wie einen Schatz hütete, geknackt. Auch ein kleines Döschen mit Rattengift fand ich darin. Es war das Gift, mit dem sein Kollege fast getötet worden war.

Natürlich ging ich auf seinen Vorschlag ein und folgte ihm in sein kleines Häuschen nicht weit vom Vergnügungspark. Als er mich schon im Flur zu küssen begann, entschuldigte ich mich und fragte nach dem Badezimmer, damit ich mich etwas frisch machen könnte. Mit verschwörerischem Grinsen deutete er die Treppe hinauf. „Zweite Tür links. Ich warte im Nebenzimmer auf dich, Süße."

Super, jetzt wusste ich auch schon, wo das Schlafzimmer war. Eilig lief ich die Stufen hinauf in das Bad, schloss die Tür hinter mir ab und atmete erleichtert auf. Widerlich. Da war mir sogar mein siebenundzwanzigster Fall lieber, bei dem ich einem Metzger assistieren musste, dessen Frau auf mysteriöse Weise verschwand. Ich ahnte Fürchterliches, als es am Tag nach ihrem Verschwinden eine neue Lieferung Fleisch gab und ich im Rinderhack einen Ehering fand.

Und ich sollte recht behalten. Der Mann fiel übrigens zwei Wochen später kopfüber in seinen eigenen Industrie-Fleischwolf. Es war ein furchtbarer Unfall, doch ich schwöre, dass ich an dem Tag schon an einem neuen Fall arbeitete. Ich war nie der Vollstrecker, denn der Rat kümmerte sich um solche Dinge.

„Alles in Ordnung, Täubchen?", hörte ich Markus auf der anderen Seite der Tür fragen und antwortete schnell: „Ja, komme gleich!"

„Aber das will ich doch hoffen!", lachte der dämliche Kerl.

Denkste! Ich hatte eindeutig genug. Als ob ich fliehen wollte, schob ich das Badezimmerfenster auf und sah hinaus nach unten. Es konnte durchaus sein, dass eine Frau mal kalte Füße bekam – auch bei dem sadistisch veranlagten Verführungskünstler Markus. Meine Lederhose würde ich mir aber auf keinen Fall schmutzig machen.

Zufrieden mit meinen Recherchen schnippte ich zugleich mit den Fingern beider Hände und saß von einer Sekunde zur anderen im

Büro meines Chefs, der in einer Ecke stand und gerade in einer Akte las. Erschrocken zusammenzuckend, ließ er sie fallen und starrte mich mit einem Anflug von Unglaube, dann Wut an. „Karma! Können Sie nicht wie alle anderen auch vor meinem Büro warten und anklopfen?"

Die Art, wie ich mich für die letzte Aufgabe gekleidet hatte, schien ihn zu beunruhigen. Irritiert sah er an mir hinunter und blieb an dem sehr tief ausgeschnittenen Wickeltop hängen. Räuspernd schnippte er einmal und plötzlich trug ich einen Wintermantel, der bis an mein Kinn zugeknöpft war.

„Entschuldigung, das war meine Arbeitskleidung", prustete ich los und fing an, mich wieder aufzuknöpfen, bevor ich einen Hitzschlag bekam. „Ich hatte keine Zeit, mich umzuziehen. Noch nicht einmal, eine Landung vor dem Büro zu planen. Er war sehr anhänglich und ich hatte mich ins Bad gerettet."

Nun begann mein Chef zu grinsen. Ein Grinsen, das schon etwas Diabolisches hatte.

„Sind Sie eigentlich ein Engel oder ein Dämon?", platzte es aus mir heraus und seine Mundwinkel erschlafften.

„Irgendwie von beidem etwas. Schließlich bin ich der Assistent der Geschäftsführung. Dann lassen Sie mal sehen, was Sie da für ein Exemplar an der Angel hatten", murmelte er, an seine Schreibtischschublade tretend. Er zog sie auf und nahm seine Erinnerungslupe heraus. Wie das Teil wirklich hieß, wusste ich bis heute nicht. Es sah jedenfalls wie eine übergroße Lupe mit Schmuckgriff aus und man konnte damit Erinnerungen, die jemand freiwillig preisgab, ablesen. Mein gut zehn Zentimeter größerer Chef trat vor mich, hielt mir die Lupe vor die Augen und sah mich durch das Glas hindurch an.

„Schön weit die Augen auf!", befahl er und ich gehorchte, ihm wie ein glubschäugiges Reh in die stark vergrößerten Augen blickend. Schon des Öfteren hatte ich versucht, mich bei dieser Gelegenheit in die Erinnerungen meines Bosses zu stehlen. Leider gab er aber nichts preis. Neugierig beobachtete ich seine Reaktionen.

Als er sah, wie ich mich hektisch im Bad einschloss, begann er zu lachen.

„Sehr witzig", mäkelte ich.

Unruhig blinzelnd bekam er sein unverschämtes Lachen wieder in den Griff. „Wie zum Henker sind Sie an den Schlafsand gekommen?", platzte es plötzlich aus ihm heraus. „Der Sack ist doch krankhaft geizig!“

Ich musste grinsen. „Wir hatten einen Deal“, entgegnete ich. „Er wollte ein Wetttrinken.“

Mit offen stehendem Mund nahm mein Boss die Lupe zur Seite und starrte mich an. „Sie haben den Sandmann unter den Tisch gesoffen?“, stutzte er und fing lauthals an zu lachen. „So wie Sie das sagen, klingt das nicht sehr damenhaft“, antwortete ich beleidigt.

„Karma, am liebsten würde ich Sie behalten!“, meinte er mit einem Gesichtsausdruck, den ich so noch nie bei ihm gesehen hatte.

Ich konnte ihn nicht deuten. Wieso sollte ich bei ihm bleiben, wo ich doch nur noch eine Mission von meinem alten Leben entfernt war? Überhaupt hatte mich nur dieser eine Gedanke die ganze Zeit über motivieren können.

„Soll ich bis in alle Ewigkeit über Menschen urteilen? Oder wollen Sie mich wie ein Schoßhündchen halten?“, fragte ich scherzhaft und er antwortete ernst: „Wenn Sie das möchten! Ich werde alles für Sie möglich machen.“

Was sollten die plötzlichen Gefühlsregungen? Ich hatte diesen Mann als kalt und berechnend eingeschätzt. War er überhaupt ein Mann? Woher sollte ich denn wissen, dass er nicht nur die Gestalt annahm, welche sein Gegenüber gerade erwartete? Ich fand ihn gut aussehend und seine dunkelgrünen Augen sehr angenehm, aber wahrscheinlich las er in mir und formte sich so, wie er mich am besten benutzen konnte.

„Ich möchte mein altes Leben zurück!“, antwortete ich höflich, aber auch ein Stück weit stur und sah für einen kurzen Moment einen Funken Enttäuschung in seinen Augen.

„In Ordnung“, willigte er ein, wandte sich von mir ab und nahm eine der Akten vom Schreibtisch. Vor meiner Nase schlug er die Mappe auf und zeigte mir ein Bild.

Sofort wusste ich, auf wen ich da blickte. „Oh nein! Ich weigere mich!“, schüttelte ich energisch den Kopf. Ich würde den Mann, der für meinen Tod verantwortlich war, nie wiedersehen wollen.

„Sehr schön! Das wäre dann Arbeitsverweigerung und das hätte zur Folge…“, stoppte mein Chef mitten im Satz und ließ mir Zeit, nachzudenken.

Ich erinnerte mich an den Vertrag und diese eine bestimmte Klausel, die mir jetzt gerade alles zerstören konnte. Arbeitsverweigerung bedeutete einen Vertragsbruch und hätte zur Folge, dass ich mich auf ewig verpflichten müsste. Meinen Chef würde es freuen.

„Sie kleine Ratte", zischte ich und riss ihm die Akte aus den Händen. Kaum merklich grinste er, als ich mich umdrehte und das Büro verließ.

Das Gebäude war wie die Zeit aufgebaut – unendlich. Es war so groß, dass ich noch nie den Ausgang gefunden hatte. Vielleicht gab es auch gar keinen. War ja eigentlich unnötig. Der Blick aus den Fenstern war abwechslungsreich. Jeden Tag schaute man auf eine andere Großstadt, doch was sich hinter dieser Projektion befand, konnte man nur erahnen. Wütend starrte ich auf die Skyline von Manhattan und dachte angestrengt nach, was ich tun sollte. Immer wieder drängte sich mir der Gedanke auf, ich könnte diesen Fremden, der mir ins Auto gefahren war, einfach verurteilen und meine Entscheidung weitergeben. Beweise brauchte ich keine, denn bis jetzt war ich stets zuverlässig und vertrauenswürdig. Niemand vom Rat würde meine Entscheidung je anzweifeln. Aber war das ich?

Erneut öffnete ich die Mappe, deren Inhalt sich stetig aktualisierte, damit ich den Aufenthaltsort des Mannes sehen konnte. Gerade tanzten die Buchstaben wieder und zeigten an, dass er sich bewegte. Ich wusste nicht, wann ich ihn genau nach dem Unfall finden würde, doch er war gerade im Park nahe meines Wohnortes unterwegs. Dort verbrachten all die schnöseligen Anzugträger ihre Mittagspause. Zum ersten Mal sah ich nach dem Namen des Kerls, der alles zerstört hatte. Hendrik Müller. Ich würde ihn finden und seine schmutzigsten Geheimnisse ans Tageslicht bringen.

Ein Schnippen und die Akte lag wieder auf dem Tisch meines Chefs. Ein weiteres und ich stand im Joggeroutfit hinter einer dichten Ligusterhecke im Park. Ich lief los, als würde ich den lieben langen Tag nichts anderes tun. Aufmerksam betrachtete ich die Menschen im Park und zog meine Runden – über eine halbe Stunde. Von Hendrik Müller keine Spur. Irgendwo musste er doch sein! Dann jedoch machte ich eine Entdeckung, die ich so nicht erwartet hätte. Vor einem Mülleimer stand ein Mann mit abgewetzter Jeans und löchrigem Shirt. Eine große Plastiktüte geschultert, suchte er nach Pfandflaschen. Es war Hendrik Müller. Sein verhärmter Anblick brachte mich derartig aus dem Konzept, dass ich für einen Moment einfach nur dastand. Er hatte alles verloren. Das geschah ihm recht! Nur hatte ich kaum Zeit, mir eine neue Strategie auszudenken. Schnurstracks joggte ich auf den Mann zu, der mich gar nicht beachtete.

„Hendrik? Bist du es?“, fragte ich leicht außer Atem und endlich bemerkte er mich.

„Kenne ich Sie?“, fragte er irritiert.

„Ja sicher!“, antwortete ich überzeugt. „Melanie Schubert. Wir sind auf die gleiche Schule gegangen.“

Er schien eifrig zu überlegen und für eine Sekunde fürchtete ich, mein Plan wäre zu abenteuerlich, um zu funktionieren. Dann aber erhellte sich sein Gesicht. „Melanie! Ja, sicher! Wie geht es dir?“

„Kann mich nicht beklagen. Wie sieht es bei dir aus?“, erwiderte ich und kam mir dabei ziemlich blöd vor.

Beschämt schaute er zu Boden und meinte: „Ach, das ist eine lange Geschichte.“

„So ein Zufall. Ich habe gerade ganz viel Zeit. Sollen wir etwas bei der Pizzeria um die Ecke essen gehen? Ich lade dich ein.“ Keine Ahnung, wann der ausgemergelte Mann vor mir das letzte Mal eine warme Mahlzeit gesehen hatte.

Kurz sah er zu mir hoch, dann wieder unter sich. „Das kann ich nicht annehmen.“

„Und ob!“, lächelte ich und strich ihm über die Schulter. Unsicher willigte er ein.

Noch nie hatte ich jemanden eine doppelte Portion Spaghetti mit Soße so schnell verschlingen, ja regelrecht einatmen gesehen.

„Schieß los. Was ist geschehen?“, fragte ich und sah, wie er mühevoll schluckte und sich mit der Serviette den Mund abputzte.

Ich hatte die größten Zweifel, ob er seiner angeblichen alten Bekannten, die er seit einer Ewigkeit nicht gesehen hatte, sein Herz ausschütten würde. Vielleicht würde er aber einfach jemanden zum Reden brauchen. Vielleicht hörte ihm sonst niemand mehr zu. Und ich hatte Glück.

„Eigentlich“, begann er, „bin ich gelernter Rechtsanwalt. Ich war sehr erfolgreich in einem großen Büro tätig. Ich hatte alles – eine wunderschöne Frau, zwei süße kleine Töchter, ein kleines Häuschen."

„Und dann?", fragte ich neugierig.

Hendriks Augen füllten sich mit Tränen, als er fortfuhr. „Ein kleiner Moment hat alles verändert. Ich kann seitdem nicht mehr richtig schlafen, bin nicht mehr in der Lage, meine Arbeit auszuüben. Meine Frau hat mich mit den Kindern verlassen. Und immer wieder muss ich an die Familie der jungen Frau denken. Sie hatte noch ein ganzes Leben vor sich." Eine dicke Träne lief seine Wange hinunter. „Ich habe sie umgebracht."

„Wen umgebracht? Was redest du da?", hakte ich vorsichtig nach, nahm seine Hand und drückte sie.

Mühsam riss er sich zusammen. Dass er so redselig war, hatte ich nicht vermutet. „Eine junge Frau. Ihr Name war Julia Dürkner. Ich habe mich bei ihrer Familie entschuldigt, ihnen Geld für die Beerdigung geschickt, doch ein Menschenleben kann ich damit nicht zurückholen."

Auch meine Augen füllten sich mit Tränen und ich konnte sie kaum zurückhalten. „Wie ist es passiert?", fragte ich und stellte mir selbst gleichzeitig die Frage, ob ich mich noch weiter quälen wollte. Irgendwie tat mir der Mann vor mir aber unendlich leid. Dieser Unfall damals hatte nicht nur mein Leben genommen.

Umständlich putzte Hendrik seine Nase in die Serviette. „Ich bin abends nach Hause gefahren. Die gleiche Strecke wie immer. Aber auf einmal war da ein Reh mitten auf der Fahrbahn! Es war zu spät zum Bremsen und so bin ich ausgewichen. Auf die Gegenfahrbahn. Aber da kam plötzlich ein anderes Auto um die Kurve. Ach, hätte es nur mich stattdessen erwischt!" Er begann, bitterlich zu weinen und wir zogen sämtliche Aufmerksamkeit auf uns, doch das war uns beiden egal. Verzweifelt vergrub er sein Gesicht in den Händen.

Von einem auf den anderen Moment erlosch meine Sucht nach Rache wie eine Flamme im Sturm. Zu gerne würde ich in meine Urgestalt wechseln und ihm sagen, dass ich ihm verzeihe. Das könnte ihn aber vollends in den Wahnsinn treiben.

Stattdessen ergriff ich seinen rechten Arm. „Hendrik, beruhige dich! Weißt du was?" Die Wangen nass vor Tränen sah er mich an und ich meinte weiter: „Sie hat dir schon längst verziehen."

„Woher willst du das wissen?“, schluchzte er. „Ich kannte Julia und ich weiß, dass sie ebenso gehandelt hätte, wie du. Sie hätte alles getan, das Reh nicht zu überfahren“, sagte ich überzeugt. „Es war halt eine dumme Schicksalsfügung, dass sie dir gerade in diesem Moment auf dieser sonst nicht stark befahrenen Strecke entgegenkam.“

Hendrik sah mich mit großen Augen an. Auch ich war nun am Weinen. Es war, als würde ich eine schwere Last auf einmal nicht mehr tragen müssen. „Sie hat dir verziehen“, nickte ich, „aber du musst etwas tun, damit das so bleibt!“

„Was?“, fragte er sofort.

Ich deutete auf seine Handgelenke, die mir schon eben aufgefallen waren. „Erstens – versuche nie wieder, dir das Leben zu nehmen. Es gibt Leute, die dich lieben. Und wann deine Zeit gekommen ist, hast nicht du zu bestimmen.“

„Aber ...“, protestierte er, doch ich unterbrach ihn. „Zweitens gehst du gleich heute noch zur Suppenküche in der Mozartstraße. Daneben bekommst du Kleidung und im ersten Stock gibt es Zimmer mit Duschen, die man umsonst nutzen kann.“ Der Mann vor mir nickte nur noch artig, als ich weitersprach. „Drittens besuchst du morgen deine Frau und die Kinder. Sie werden dich hereinlassen. Und viertens suchst du dir einen Job. Für den Anfang etwas Einfaches, das dich ablenkt.“

„Das ist nicht so einfach“, jammerte er und ich schüttelte den Kopf.

„Doch, das ist es. Versprich mir, dass du das alles tust. Es wird funktionieren und du wirst dir Stück für Stück dein altes Leben zurückholen. Und wenn du Hilfe brauchst, ruf mich an. Fünf-fünf-neun-drei-zwei ist meine Nummer.“ Mit meinem Kugelschreiber schrieb ich sie auf eine Serviette und gab sie ihm. Er konnte mich darüber zwar nicht mehr erreichen, denn eigentlich war das meine Telefonnummer zu Lebzeiten, doch ich wollte ihm irgendeinen Halt geben.

Er sah mich eine ganze Weile an, bis er auf einmal zu lächeln begann. „Du hast recht! Danke!“, schien er neuen Mut gefasst zu haben und stand auf. „Wenn es dir nichts ausmacht, gehe ich sofort zur Suppenküche.“

Ich freute mich unglaublich über seinen neu gewonnenen Tatendrang und hätte nie gedacht, dass ich ihn so schnell umstimmen hätte können. „Nein, nur zu!“, stand auch ich auf.

Er drückte mich fest und verschwand blitzschnell zur Tür. Anschließend ließ ich mich erst einmal wieder in den Stuhl sinken. Es war so kraftraubend.

Nachdem ich mich wieder erholt hatte, stattete ich Hendriks Frau einen Besuch ab. Ich sagte, dass ich eine Sozialarbeiterin wäre und sie ließ mich hinein. Die Kinder waren in der Schule und es gab offensichtlich einen neuen Mann in ihrem Leben, doch sie hing noch unglaublich an ihrem Exmann. Überall im Haus fand ich Hinweise dafür. Wir redeten lange und ich wusste, dass das eigentlich nicht zu meinem Job gehörte. Allerdings ließ ich sie anschließend mit einer Prise Schlafsand für eine Weile schlummern, um das Haus auf links zu drehen. Ich fand viele alte Dokumente, die auch Hendrik gehört hatten, in einer Truhe. Nichts davon belastete ihn. Es war Zeit, zurückzukehren.

„Verdammt, Karma! Schauen Sie sich die Sauerei an!", fauchte mein Boss. Der Schreck, den ich ihm versetzte, als ich plötzlich in seinem Büro vor ihm auftauchte, ließ ihn den gesamten Inhalt der Kaffeetasse auf seinem blütenweißen Hemd ausleeren.

„Sorry, es macht halt viel zu viel Spaß!", lachte ich, als er den Kaffee schnippend zurück in die Tasse beförderte. Routiniert nahm er die Lupe. „Das ist nicht nötig", sagte ich. „Er ist unschuldig, wie ein Lamm. Er könnte keiner Fliege etwas zuleide tun."

Verblüfft zog mein Boss die Augenbrauen hoch. „Woher der Sinneswandel?"

„Ist doch egal!", erwiderte ich und wollte ihm nicht alles haarklein ausführen. „Ich habe ihn kennengelernt und den Rest seiner Habe durchsucht. Es gibt nichts, das ihn negativ dastehen lässt."

„Und Ihr Tod?", grübelte er, mich herausfordernd ansehend.

Ich wusste, dass das kommen würde. „Eine Verkettung unglücklicher Zufälle. Das habe ich nun verstanden", entgegnete ich und sah ihn zufrieden nicken.

„Dann werde ich Sie mal nach Hause schicken. Sind Sie bereit?"

Dass er so schnell zum Punkt kommen würde, ahnte ich nicht. Eigentlich wollte ich mich erst von den anderen verabschieden.

„Gut. Bei drei!", fuhr er fort, ohne eine Antwort abzuwarten. „Ich werde Sie vermissen, aber ich will Sie erst wiedersehen, wenn Ihre Zeit gekommen ist, verstanden?"

Ich konnte es kaum glauben, doch er lächelte. „Ich werde Sie auch vermissen. Sagen Sie, werde ich mich erinnern?", fragte ich und er nickte.

„Wahrscheinlich. Sie haben einen starken Willen. Obwohl es besser wäre, Sie würden es nicht alles in Ihrem hübschen Köpfchen behalten. Und drei!"

Von einem Moment auf den anderen saß ich in meinem Auto und fuhr die Landstraße entlang. Vor Schreck verzog ich das Steuer, fing mich jedoch sofort wieder. Ich verringerte die Geschwindigkeit, schaute an mir herunter und konnte vor Erleichterung einfach nur lachen. Es hatte wirklich funktioniert! Ich war so glücklich. Meine Gestalt war die alte, mein Auto intakt und ich fuhr von der Arbeit nach Hause. Und ich konnte mich an alles erinnern, was passiert war.

Da fiel mir die Kurve auf, hinter der es damals passiert war. Augenblicklich fuhr ich rechts ran und hielt. Mein Herz klopfte wild. Was würde jetzt geschehen? Sekunden später war ein Knall zu hören, im Gebüsch raschelte etwas. Das musste Hendrik gewesen sein! Rasch setzte ich meinen Wagen in Bewegung, fuhr um die Kurve und sah das volle Ausmaß des Unfalls.

Es war Hendriks Wagen, und weil ich ihm nicht entgegengekommen war, war er mit der Leitplanke auf meiner Fahrbahnseite kollidiert – mit einer ziemlichen Wucht, welche einen beachtlichen Teil der Motorhaube eingedrückt hatte und das besonders auf der Fahrerseite. Ich befürchtete das Schlimmste.

„Bitte nicht ein Leben für ein anderes!", flehte ich gen Himmel und stieg aus.

Die Motorhaube des völlig zerstörten Wagens qualmte und ich wusste nicht, ob er bald Feuer fangen würde. So schnell ich konnte, rannte ich zur Fahrerseite. Durch die zerbrochene Seitenscheibe sah ich Hendrik. Er hatte eine Platzwunde am Kopf und war stark benommen.

„Hey", rief ich. „Hören Sie mich? Sie müssen aus dem Auto raus!" Schnuppernd erkannte ich den Geruch nach Benzin. Wenn es irgendwo einen Funken gab, waren wir beide erledigt. Ich versuchte, die

Tür zu öffnen, doch sie war verzogen. Wie eine Wahnsinnige zog ich daran und sie gab endlich nach.

„Kommen Sie. Können Sie laufen?" Hendrik nickte kaum merklich. Ich stützte ihn, so gut ich konnte, während wir mit kleinen Schritten vom Wagen fortgingen. Einer jungen Frau, die auf dem Fahrrad am Unfallort eintraf, rief ich zu, einen Krankenwagen zu rufen. Sofort zückte sie ihr Handy. Hendrik atmete schwer, als ich ihn ein ganzes Stück weiter an der Leitplanke absetzte.

„Da... da war ein ..."

„Reh", beendete ich seinen Satz. „Ich weiß."

„Woher?", fragte er, sah mich verwirrt an und hielt sich den Hinterkopf. Ich zog meine Jacke aus, rollte sie und legte sie hinter seinen Nacken. „Danke, es geht schon wieder besser", lächelte er matt. Sein letztes Wort wurde durch einen Knall unterbrochen. Das Auto brannte lichterloh.

„Sie haben mein Leben gerettet", sagte er leise und ich setzte mich neben ihm auf den Boden.

„Nein, das war ihr Schutzengel. Er war dafür verantwortlich, dass ich zum richtigen Zeitpunkt eintraf", sagte ich und strich ihm vorsichtig über den Arm. „Die Dame dort drüben hat einen Krankenwagen gerufen. Sie sollten sich auf jeden Fall durchchecken lassen."

Sein Blick wurde nachdenklich, dann ernst. „Wenn Sie ein paar Sekunden früher diese Straße befahren hätten, wäre ich Ihnen reingefahren", meinte er dann.

Es war nahezu gruselig, wie er dachte. „Aber das ist nicht passiert", erwiderte ich, selbst glücklich darüber. „Es ist alles in Ordnung."

Fast zehn Minuten sprachen wir miteinander über unsere Familien, unsere Berufe und Hobbies, bis der Rettungswagen eintraf. Hendrik schien keinen größeren Schaden abbekommen zu haben. Er sprach aufmerksam und erholte sich von Minute zu Minute mehr von dem Unfall. Es war schon fast ein Wunder und ich war so erleichtert darüber.

Die Sanitäter hievten ihn behutsam auf die Trage, während wir beide ihnen erklärten, was passiert war. Ich spürte, dass Hendrik außer Gefahr war und sah noch einmal auf das ausgebrannte Auto. Das Feuer wurde bereits von drei Feuerwehrleuten, die ebenfalls vor ein paar Minuten eingetroffen waren, gelöscht. Der Mann hatte einen unglaublichen Schutzengel. Bevor er mit der Trage in den Wagen befördert wurde, nahm ich einen alten Kassenzettel der Pizzeria am Park und einen Stift aus meiner Tasche.

„Da gehe ich auch gerne essen“, meinte Hendrik und ich sah ihn an. Wenn ich ihm jetzt sagen würde, dass er am liebsten die Nudeln mit roter Soße nahm, würde er mich für eine Stalkerin halten. Auf der Rückseite des Zettels schrieb ich meine Telefonnummer auf. „Wenn Sie etwas brauchen, rufen Sie mich an“, sagte ich.

Und er entgegnete: „Fünf-fünf-neun-drei-zwei“, und erschreckte sich sofort über seine eigenen Worte. „Sagen Sie, haben wir uns nicht schon früher einmal getroffen?“

„Ich glaube nicht“, antwortete ich. „Wahrscheinlich haben Sie die Nummer auf meinem Wagen gesehen. Ich biete nebenberuflich meine Dienste als Dogsitter an und habe meine Werbung auf dem Auto.“ Behutsam legte ich den Zettel in seine Hand. „Ruhen Sie sich etwas aus. Bald sind Sie wieder okay.“

Und so war es. Nur zwei Tage später wurde Hendrik Müller aus dem Krankenhaus entlassen, konnte zurück zu seiner Familie und übte auch bald wieder seinen Beruf aus. Im Nachhinein war ich überglücklich, diesen Mann nicht voreilig verurteilt zu haben. Im Gegenteil. Seitdem waren Hendrik und seine Familie mit meiner befreundet. Wir trafen uns einmal im Monat und unternahmen etwas zusammen.

Mein Boss in der Zwischenwelt hatte nicht ganz recht. Nach und nach, recht langsam, vergaß ich die Einzelheiten meiner fünfzig Missionen. Doch drei Dinge hatte ich gelernt und würde sie nie wieder vergessen – die Menschenkenntnis, welche ich dort gewonnen hatte, die Tatsache, dass das Leben wertvoller war, als alles andere auf der Welt, und dass man Männer am besten verunsichern konnte, indem man plötzlich wie ein Schneeglöckchen vor ihnen auftauchte.

Wenn Erben dir den Tag verderben

Mit schmerzenden Augen blickte ich für einen Moment aus dem Fenster. Die letzten Monate in der Firma waren stressig und ermüdend. Ständig waren wir wegen Budgetkürzungen unterbesetzt und dann wurde auch noch eine Kollegin ernsthaft krank. Nun war es nicht so, als ob unser oberster Chef einsah, dass dadurch auch nur noch eingeschränkt gearbeitet werden konnte. Immerhin waren wir eine Kanzlei mit sechs erfolgreichen Anwälten. Nicht, dass ich auch eine Anwältin war. Vielmehr war ich eine einfache Rechtsanwaltsfachangestellte, die ihren Feierabend damit verbrachte, wie ein Hausmädchen hinter fünf der Herren die Überreste des Schlachtfeldes zu beseitigen. Jedenfalls war an Urlaub oder dergleichen vorerst nicht zu denken – schon gar nicht für mich.

„Frau Fritsch?"

Ich erschrak, als ich meinen Namen hörte und wandte meine Augen schnell ab vom Fenster zur Person, die sprach. Vor mir stand das sechste der Alphamännchen. Er war der Neuzugang. Mark Schneider, ein blonder Junganwalt. Schmunzelnd blickte er mich an, eine Akte unter einem seiner kräftigen Arme zerquetschend. „Entschuldigung, Herr Schneider", stotterte ich beschämt, doch er winkte ab.

„Kein Thema, Frau Fritsch. Bei der Menge an Mist, die sich ständig auf dem Schreibtisch stapelt, muss man manchmal einfach etwas anderes sehen." Erleichtert über sein Verständnis nahm ich die Akte entgegen. Herr Kessler – oder auch *der Silberrücken*, wie wir ihn alle heimlich nannten – hätte mich jetzt mit Worten ungespitzt in den Boden gerammt. Genau das war der Unterschied zu seinem jungen Kollegen. Schneider war um die dreißig Jahre alt, groß und hatte noch nicht die Wesenszüge seiner Mitstreiter angenommen.

Sobald er meinen Schreibtisch verlassen hatte und in sein Büro zurückgekehrt war, kam meine Kollegin Melissa angeschlichen. Wie immer hatte sie ihr blondes Haar zu einem Dutt hochtoupiert, der gleichermaßen auch ein Adlerhorst hätte sein können.

„Was wollte der denn bei dir?“, zischte Melissa gereizt, während ich die Akte dezent in Sicherheit brachte.

„Keine Ahnung“, murmelte ich. „Ich soll wohl einen Fall vorbereiten.“

„Aber er wollte das zu mir bringen“, japste sie auf und stakste um meinen Schreibtisch herum, um mehr sehen zu können.

„Melissa, ich bitte dich! Wir sind nicht im Kindergarten“, hielt ich sie auf Abstand und versuchte, sie zu beruhigen. „Das nächste Mal kommt er bestimmt wieder zu dir.“

Sie hielt inne und sah mich eindringlich an. „Wenn nicht, dann gnade dir Gott“, quietschte sie hysterisch, wandte sich ab und klackerte mit ihren pinken High Heels zurück an ihren Tisch. Im gleichen Moment raschelte der Lautsprecher in der Mitte unseres Großraumbüros, das von Löwen in gläsernen Kästen umzingelt war. „In zwei Minuten im Besprechungszimmer eins – das gilt für alle“, ertönte die Stimme des Silberrückens. Als ob uns alle gleichzeitig etwas in den Hintern gestochen hätte, sprangen wir auf. Es sah schon fast wie Synchronschwimmen auf dem Trockenen aus.

Schließlich standen wir in Reih und Glied unseren Vorgesetzten gegenüber. „Unser neuer Kollege, Herr Schneider, hat gleich zu Beginn einen großen Fisch an Land gezogen“, klopfte unser Oberster seinem Schützling auf den Rücken. Schneider grinste lediglich in sich hinein. „Jedenfalls“, fuhr Kessler fort, „wird er ab morgen eine Dienstreise über das Wochenende antreten und benötigt etwas Unterstützung. Meine Damen, eine von Ihnen wird mit ihm fahren.“

Jetzt verstand ich, warum die Mädels sich heute besonders schick gemacht hatten. Es wussten wohl alle schon vorher von dieser Dienstreise.

Alle, außer mir. Ich hatte mir behelfsmäßig mit zwei Bleistiften die Haare hochgesteckt, weil mein Haargummi verschollen war. Außerdem war mitten auf meiner Bluse ein Tintenfleck in der Form von Nordamerika – mit Grönland. Es war mir peinlich, zu sehen, wie die restlichen Vertreter des weiblichen Geschlechts in diesem Raum versuchten, sich ins beste Licht zu rücken.

„Och, ich darf selbst aussuchen?“, fragte Schneider verblüfft. Herr Kessler nickte, als sein junger Kollege sich die Fleischauslage ansah, in deren Hintergrund ich mich dezent gestellt hatte. „Frau Fritsch, möchten Sie mitkommen?“, fragte er, auf Zehenspitzen über meine Kolleginnen hinwegschauend.

Mir fiel alles aus dem Gesicht, ebenso den Damen vor mir. „I..ich ... also ... Okay, warum nicht!“, versuchte ich, mich zu artikulieren, hatte eine Zustimmung eigentlich nicht geplant. Sonst war ich nicht gerade auf den Mund gefallen, doch eben jetzt entglitt mir die Kontrolle über die Situation.

„Prima“, rief Herr Schneider über die Damen hinweg. „Schauen Sie sich einfach die Akte von vorhin durch und packen Sie die Koffer. Morgen früh um acht Uhr fahren wir los.“

Die Akte von eben? Also hatte er von Anfang an geplant, mich mitzunehmen. Verdammt.

Um halb sieben abends hatte ich das Wichtigste endlich abgearbeitet und verkrümelte mich als letztes menschliches Individuum aus dem Büro. Als ich in der Tiefgarage bei meinem alten Wagen ankam, sah ich, dass jemand meine Fahrertür verkratzt hatte. Wäre es ein neues Auto – ich hätte mich fürchterlich aufgeregt. Allerdings würde es die nächste Hauptuntersuchung sowieso nicht überstehen. Besser, der allgemeine Unmut wird an einem Teil aus Blech zum Ausdruck gebracht, als an mir.

Herr Schneider schenkte mir ein blendend weißes Zahnpastalächeln, als er mit seiner Luxuskarre vorfuhr, um mich abzuholen. Nach erstem Studieren der Akte ging es um eine Dame namens Margaret Jurew. Sie war eine wohlhabende Geschäftsfrau von achtundsiebzig Jahren, die ein kleines Hotel besaß. Und jetzt kam das Problem. Frau Jurew hatte vier Kinder – zwei Töchter und zwei Söhne. Allerdings waren sie allesamt aus ihrem Elternhaus geflüchtet, sobald sie die Möglichkeit hatten. Den Grund dafür fand ich nirgendwo und konnte so nur mutmaßen, was vorgefallen war. Jedenfalls hatte es keines der Kinder mehr für nötig gehalten, die Mutter zu besuchen.

Jetzt jedoch wollte Frau Jurew ihr Testament neu schreiben und ihre Reichtümer gerecht auf ihre Kinder verteilen. Dazu hatte sie alle in ihr Hotel eingeladen und wollte das Wochenende mit ihnen verbringen. Schneider und ich sollten derweil Mäuschen spielen und ihr beratend zur Seite stehen, was die Verteilung des Erbes anginge.

So weit, so gut.

„Warum ich?“, fragte ich ohne Umschweife, als ich mich anschnallte und er losfuhr.

Zuerst über meine Direktheit erstaunt, blickte er zu mir herüber. „Das kann ich Ihnen sagen“, meinte er dann entschlossen. „Ich hatte jeder Dame im Vertrauen etwas über mich erzählt und alles davon war am nächsten Tag breitgetreten worden, außer die Tatsache, dass ich mein erstes Auto aus Dummheit vollkommen zu Schrott gefahren habe.“

„Das hatten Sie mir erzählt“, stutzte ich und er lachte.

„Eben. Vertrauen ist das beste Fundament einer Zusammenarbeit.“ Ich war beeindruckt. Ein Test war das, sonst nichts. „Nebenbei bemerkt, ist die Geschichte wahr“, murmelte er gen Himmel schauend. „So ein schöner, tiefergelegter 1er BMW in nachtblau. Eine Schande. Ich Depp.“

Ich musste schmunzeln. Von dem Moment an war das Eis zwischen uns irgendwie gebrochen.

„Mark“, sagte er schließlich und streckte mir die Rechte entgegen, ohne die Augen von der Fahrbahn zu lassen.

Ich ergriff sie. „Nina, freut mich.“

Während wir nach Norden fuhren, erzählte Mark mir, wie er zu diesem ungewöhnlichen Fall gekommen war. Margaret Jurew lernte er bei einem Pokerturnier in Wien kennen. Sie war die älteste Spielerin und stach durch ihre Erfahrung hervor. Mark konnte sich bis in das Finale durchsetzen und obwohl sie früher ausschied, sah sie sich seine Spiele mit Begeisterung an. Die beiden kamen ins Gespräch, bei dem der Junganwalt erfuhr, dass sie Unterstützung bei ihrem Vorhaben brauchte. Sie meinte, dass er mit seinem undurchschaubaren Pokerface genau der Richtige wäre und bot ihm hunderttausend Euro an, wenn er über das Wochenende bliebe und für sie spionierte. Drei Tage lang sollten wir die anderen heimlich beobachten und alles niederschreiben, was uns auffiel. So schwierig konnte das nicht sein.

„Und sie dürfen nicht wissen, dass wir sie beobachten?“, fragte ich befremdet, als wir an einer roten Ampel halten mussten. „Mutieren wir zu Page und Zimmermädchen?“

„Viel einfacher!“, lachte er und begann, in seiner Hosentasche zu wühlen. Alsbald kramte er einen goldenen Ring hervor und reichte ihn mir mit den Worten: „Ich habe einen Plan.“

Ihn verstört anblickend, nahm ich den Ring entgegen und sah, wie er seinen vom rechten auf den linken Ringfinger steckte. „Das ist nur ein Alibiring“, lachte er, als er meinen dümmlichen Blick bemerkte. „Damit habe ich versucht, deine Kollegin Melissa auf Abstand zu halten. Du musst deinen auch an der linken Hand tragen.“

Ich gehorchte, hielt meine Hand hoch und sah, dass die beiden Ringe etwas Ähnlichkeit hatten. Worauf wollte er hinaus? Mir schwante nichts Gutes. „Und jetzt?“, fragte ich deshalb, als die Ampel endlich grün wurde.

„Für dieses Wochenende heiße ich Mark Harris“, begann er und deutete auf die Akte, die ich auf dem Schoß liegen hatte. „Ich bin Jurews Enkel. Also quasi der Sohn ihrer unehelichen Tochter, dessen Vater sie in Amerika kennengelernt hatte. Lange vor der Zeit ihres Mannes. Diese Tochter gab sie zur Adoption frei, weil sie ihren damaligen Freund nie wiedersah und zu der Zeit finanziell noch schwer in der Klemme steckte. Vor Kurzem hat sie Nachforschungen angestellt und ihren Enkel gefunden. Klar soweit?“

Ich nickte brav, obwohl mein Hirn noch mit der Verarbeitung der Informationen beschäftigt war. „Und jetzt kommt das Beste. Ich bringe natürlich meine Verlobte Nina mit. Vier Augen sehen mehr, als zwei.“

Mein Nicken ebbte ab. „Wie bitte? Ich kann doch nicht einfach Ihre, also deine Verlobte spielen“, entgegnete ich bestürzt und sah ihn mit den Schultern zucken.

„Klar, das wird schon funktionieren.“

„A...aber ich kenne dich kaum. Wie soll ich denn die Vertrautheit einer Verlobten spielen?“, stotterte ich.

„Ach, wenn wir uns ein wenig absprechen, wird das blendend funktionieren“, sagte er in seinem jugendlichen Leichtsinn und bastelte uns daraufhin eine neue Identität. Ich war sprachlos über seinen Einfallsreichtum, wo wir uns kennengelernt hatten, wo und wann wir heiraten wollten und wie später mal unsere Kinder heißen sollten. Krampfhaft versuchte ich, mir alles akribisch zu merken, damit wir nicht auffliegen würden.

Irgendwann, als wir eine Zeit lang nicht geredet hatten und ich kurz davor war, im Sitz einzunicken, fragte er vorsichtig: „Wie ist deine Arbeit eigentlich so?"

„Sie ist sehr abwechslungsreich und macht viel Spaß", antwortete ich so neutral wie möglich und sah, wie er den Kopf schüttelte.

„Das meinte ich nicht. Ich weiß, dass du nichts Nachteiliges über deine Kollegen sagen würdest, aber ich bekomme es ja selbst mit. Sei ehrlich, schließlich sind wir ja fast verheiratet", meinte er schmunzelnd, als ich ihm leicht gegen den Arm boxte.

Ich suchte müde nach den richtigen Worten. „Am besten kannst du es dir so vorstellen: Jeden Morgen reibst du dich mit rohem Fleisch ein, gehst in den Zoo, an den brüllenden Löwen vorbei und setzt dich dann lächelnd ins Hyänengehege. Wobei ich keine Hyänen beleidigen möchte."

„Sehr anschaulich", murmelte er und prustete plötzlich los, dass auch ich lachen musste.

Die Fahrt dauerte knapp zwei Stunden. Es war die Zeit, in der wir uns ein wenig über unsere Gewohnheiten und Hobbys austauschten. Das war nötig, damit wir nicht nach einer Minute zwischen Jurews Töchtern und Söhnen schon aufflogen.

Nachdem wir durch einen Wald getuckert waren, standen wir schlussendlich vor einem übergroßen, gepflegten Landhaus.

Mark parkte den Wagen mitten auf dem großzügigen Schotterplatz und gemeinsam stiegen wir aus. Während wir unsere Koffer von den Rücksitzen nahmen, öffnete sich die Tür des Hotels. Eine mittelgroße Gestalt trat heraus, um uns zu begrüßen. Es war eine ältere, schlanke Dame, die sich offensichtlich freute, uns zu sehen. Sie trippelte im wadenlangen, schwarz-weißen Kleid rasch den Weg zum Parkplatz entlang.

„Mark! Schön, dass du da bist!", lächelte sie und nahm den jungen Mann in den Arm. Dann bemerkte sie mich und empfing mich ebenso herzlich, noch bevor Mark mich namentlich vorstellen konnte. „Ist das gut, dass ihr mir helft. Wisst ihr, ich habe schon ein wenig Angst vor dem Wochenende. Immerhin habe ich meine Kinder lange nicht gesehen", meinte sie und sah mich zweifelnd an.

„Keine Sorge, Margaret. Wir halten die Augen offen und berichten alles. Du kannst mich sogar noch immer Mark nennen, allerdings habe ich einen anderen Nachnamen gewählt. Ich möchte kein Risiko eingehen."

„Aber sicher, mein Junge. Ich werde es mir merken. Und du spielst seine Verlobte?", fragte sie nun, mir zugewandt.

„Genau", nickte ich. „Allerdings behalte ich auch meinen wirklichen Vornamen. Mich kennt sowieso keine Menschenseele hier", entgegnete ich.

„Ach Kindchen, manchmal ist es besser, wenn dich kein Schwein kennt. Glaube mir", tätschelte sie mit ernster Miene meinen Arm.

Im gleichen Moment bog ein weiterer Wagen in die Einfahrt und hielt mit schlitternden Reifen auf dem Parkplatz. Staunend beobachteten wir alle drei, wie ein großer Mann in dunkelbraunem Anzug und Hut ausstieg. Nachdem er die Fahrertür seines teuren Gefährts mit dem Fuß zugestoßen hatte, hielt er mit offenen Armen auf die alte Dame zu.

„Mutter, schön dich mal wieder zu sehen", lachte er enthusiastisch.

„Christoph, bist du das?", fragte die alte Dame unsicher, als der Mann sie drückte.

„Ja, wer denn sonst", entgegnete der Angesprochene amüsiert. Mit geübtem Griff zog er den Hut ab und entblößte seinen haarlosen, speckig glänzenden Kopf. Er blickte erst mich, dann Mark mit stechend blauen Augen an. Ich merkte förmlich, wie er rechnete und für sich feststellte, dass wir allenfalls Enkel der Dame vor ihm sein konnten. „Mutter, ich dachte, du hättest an diesem Wochenende das Hotel nur für deine Kinder geöffnet", meinte er und ließ mich dabei nicht aus den Augen.

„Ach, in gewisser Weise sind sie meine Kinder, Christoph!", lachte sie. „Darf ich vorstellen: Das ist Mark – mein Enkel – und seine Verlobte Nina." Als ihr Sohn Mark die Hand und mir einen widerlichen Handkuss gab, ergänzte sie: „Sie sind stellvertretend da für Kristen."

„Kristen?", wiederholte er verwirrt, als ein weiterer Wagen einbog.

Es war Tina Melcher, geborene Jurew, mit ihrem Mann Fabian. Tina war augenscheinlich Margarets ältestes Kind. Wie Christophs hatte auch ihr Gesicht Ähnlichkeit mit dem ihrer Mutter. Ihren Mann konnte ich unter einem Berg von Koffern gerade nur erahnen.

„Mach schneller", fauchte sie ihn an. „Gleich beginnt es wieder zu regnen, und wenn ein Tropfen auf meinen Armani-Koffer fällt ... Mutter!", quietschte sie das letzte Wort, nachdem sie ihren armen Mann niedergemacht hatte. Ihr kleiner, etwas dicklicher Gatte watschelte voll bepackt und keuchend an uns vorbei.

„Kommen Sie, ich helfe Ihnen", rief mein Verlobter und eilte dem armen Kerl zu Hilfe, der sich bei ihm bedankte.

Darius Jurew reiste mit seiner Frau Olivia an. Er war noch größer als seine Geschwister und leger gekleidet. Darius Frau war bildschön. Ihr erster Kontakt mit Margaret war zurückhaltend, doch sehr höflich.

Von Agneta Jurew gab es bislang keine Spur.

„Gehen wir doch schon rein", bemerkte Margaret hastig, als es zu regnen begann. „In zwei Stunden gibt es Mittagessen und vorher könnt ihr eure Sachen auspacken. Mein Hausmädchen zeigt euch den Weg zu euren Zimmern." Bisher gab es keine Möglichkeit, uns als weitere Verwandte Margarets vorzustellen und so hafteten einige verwirrte und verständnislose Blicke auf uns, als wir ins Trockene liefen.

Schon von außen beeindruckte das Fachwerk des Hauses, doch innen war das Gebäude ein wahres modernisiertes Meisterwerk. Das in Cremefarben gehaltene Foyer mit überdimensional großem Kronleuchter strahlte eine ungewohnte Eleganz aus. Hinten an der Wand befand sich ein Empfang. Rechts davon führte eine hölzerne Treppe hinauf zu den Zimmern und links davon war eine Tür mit der Aufschrift *Privat.*

„Bis nachher. Ich suche das Mittagsmenü für uns aus", lächelte Margaret und verschwand hinter der Tür.

Am Empfang stand eine Frau mittleren Alters mit einem sympathischen Lächeln. Als sie uns hineinkommen sah, trat sie hinter der Theke hervor und begrüßte uns mit einer leichten Verbeugung, die ihre weiße Rüschenschürze Falten werfen ließ. „Willkommen. Mein Name ist Hannah. Meine Kollegin Mina und ich werden in den nächsten zwei Tagen dafür sorgen, dass es Ihnen allen an nichts fehlt. Bitte folgen Sie mir", sprach sie zu uns und wandte sich zur Treppe, während ein junger Mann in Pagenkleidung den Damen das Gepäck abnahm, um es in den ersten Stock zu tragen.

Oben im langen Flur angekommen, blieb Hannah stehen und sah uns an, als wollte sie ihre Schäfchen zählen. „Bald gibt es Mittagessen im Speisesaal, den Sie im Erdgeschoss aufsuchen können. Befinden sich Vegetarier unter Ihnen?", fragte sie und wartete ab. Niemand meldete sich, bis Tina mit dem Fuß aufstampfte.

„Können Sie uns jetzt endlich unsere Zimmer zeigen, verdammt nochmal?! Ich brauche etwas Ruhe!"

Hannah zuckte zusammen, nickte dann hastig, nahm einige Schlüssel aus ihrer Schürzentasche und deutete auf die Tür neben sich. „Dies ist das Zimmer für Tina und Fabian Melcher."

„Wurde auch Zeit!", keifte die Betroffene, machte einen Schritt auf Hannah zu und riss ihr den Schlüssel aus der Hand. Ohne ein weiteres Wort stakste sie zur Tür, mit ihrem keuchenden Mann im Schlepptau.

Verstört blickte Hannah ihnen hinterher, als die Tür knallend zuflog, fing sich aber schnell wieder und ging zur nächsten. „Olivia und Darius Jurew?"

„Das sind wir!", meldete Darius sich, nahm den Schlüssel und bedankte sich bei Hannah.

„Christoph Jurew?", fragte das Hausmädchen nun.

Der Angesprochene ging lächelnd auf sie zu, nahm schmunzelnd den Schlüssel an sich und schlug ihr kräftig auf den Hintern, bevor er in seinem Zimmer verschwand.

Was sollte die arme Frau nur von der Verwandtschaft ihrer Arbeitgeberin denken? Bis jetzt hatte zwei Drittel von ihnen ein inakzeptables Benehmen gezeigt. „Agneta Jurew?", sagte sie monoton.

Mark und ich sahen uns um, dann erwiderte er: „Ich fürchte, sie ist noch nicht da. Vielleicht steckt sie im Stau."

„Dann sind Sie Nina Marean und Mark Harris, richtig? Dieses ist Ihr Zimmer." Dankbar nahmen wir ihr den Schlüssel ab und zogen uns zurück.

Das große Zimmer mit eigenem kleinen Bad war hübsch eingerichtet. Gemeinsam packten Mark und ich die Koffer aus. Unauffällig baute er sein kleines Notebook auf einem der Nachttischchen auf.

„Sollen wir uns etwas im Haus umsehen, bis es Essen gibt?", fragte er anschließend.

Natürlich stimmte ich zu. Meine Neugier war ohnehin zu groß, um im Zimmer Wurzeln zu schlagen. Leise schlossen wir die Zimmertür hinter uns und schlichen durch den Flur. Um mehr über die allgemeine Situation zu erfahren, tigerten wir wie Schatten durch das Haus, begegneten jedoch nur Mina und anderen Hausangestellten, die wir bereits kannten. Wenig später trafen wir die anderen am übergroßen Esstisch alle wieder. Der Speisesaal war ebenso stilvoll und von einer sicheren Hand eingerichtet worden wie die restlichen Räume, welche wir bereits zu Gesicht bekommen hatten.

Mark, der links neben mir Platz genommen hatte, entging nicht einmal das kleinste Naserümpfen seiner Mitmenschen. Zu meinem Leidwesen saß zu meiner Rechten Christoph Jurew, der mir schon jetzt derart lüsterne Blicke zuwarf, dass ich ihm gerne meine Gabel in den Unterarm gebohrt hätte. Rechts neben ihm war noch ein Platz frei. Agneta fehlte noch immer. Tina ließ an nichts ein gutes Haar. Am wenigsten an ihrem eigenen Mann, der schon jetzt in seinem Stuhl immer kleiner wurde. Die Hausherrin hatte links von Mark und mir am Kopf des Tisches Platz genommen und beobachtete das Schauspiel aufmerksam.

Plötzlich flog die Tür des Speisesaals so abrupt auf, dass alle drei Kerzen auf dem Tisch vom Windstoß augenblicklich erloschen. Eine rundliche Frau mit zerzaustem, nassem Haar und ebenso durchnässten Klamotten stand im Eingang. Angestrengt atmend ließ sie ihren quietschpinken Koffer fallen. „Tut mir schrecklich leid, Leute!“, japste sie, während ein Tropfen des Regenwassers von ihrer Nase perlte. Alle waren still, als sie fortfuhr. „Hallo Mama“, winkte sie Margaret zu, die aufstand, um sie zu begrüßen. Dann deutete die triefend nasse Frau zu uns gewandt eine Verbeugung an und begann zu lachen. „Na, wie schaut ihr denn alle aus der Wäsche? Ich bin es, Agneta. Ich stand eine Stunde im Stau und dann hatte ich noch einen Platten. Und mein Handy hatte keinen Empfang. Kann ich mich irgendwo waschen?“

Margaret deutete in Richtung Flur, da meldete Tina sich zu Wort. „Sollen wir hier jetzt alle verhungern, während dieses Walross in aller Ruhe eine Dusche nimmt?“

„Keine Angst, Tina!“, erwiderte die Angesprochene schnippisch. „Ich wasche mir lediglich die Hände. Außerdem wüsste ich nicht, warum du es so eilig hast. Wenn du dich nicht in all den Jahren geändert hast, hilfst du dem Mittagessen doch nachher sowieso wieder, seinen Weg nach draußen zu finden.“

Erbost sprang Tina auf.

„Aber, aber, meine Lieben“, lächelte Margaret. „Bitte begrabt euer Kriegsbeil. Nur für dieses Wochenende.“ Rasch wies sie Hannah, die herbeigeeilt war, an, mit Agneta zum Waschraum zu gehen.

Das konnte ja noch heiter werden.

Wider Erwarten verlief das Mittagessen friedlich. Sämtliche Angehörige waren ruhig – sogar Tina aß stillschweigend auf. Schließlich nahmen die zwei Hausmädchen zusammen mit dem Kellner das teure Geschirr vom Tisch, um den Nachtisch aufzutragen. Beunruhigt stellte ich fest, dass Christoph näher zu mir herüberrückte, um mir etwas ins Ohr zu flüstern. „Komm doch nachher auf mein Zimmer. Ich hätte da noch einen viel besseren Nachtisch für dich.“

Sprachlos starrte ich nach links zu meiner Begleitung, die lässig ihren Arm um meine Schulter legte und sich hinter mir zu Christoph herüberreckte.

„Wenn Sie meine Verlobte noch einmal anbaggern, mache ich Ihnen einen Knoten in Ihren Nachtisch!“, knurrte Mark laut genug, dass zumindest Agneta ihn hörte.

Während Christoph doch leicht ertappt seinen Teller anstarrte und ich mich über Marks Schlagfertigkeit freute, fing Agneta herzlich an zu lachen. „Ich kenne Sie zwar nicht, aber Sie beide sind mir schon jetzt sympathisch!“, kicherte sie atemlos, sodass Tina sie anstarrte.

„Mach weiter so, dann erstickst du vielleicht und ersparst uns in Zukunft deinen Anblick, Schwester“, grinste die Brünette süffisant und noch bevor Margaret sich über ihr schlechtes Benehmen beschweren konnte, sprach sie rasch mit lauter Stimme weiter: „Aber du hast schon recht!“

Angewidert schaute sie uns beide an. „Ich wüsste wirklich gerne, was diese Fremden hier tun. Mutter?“

„Sie sind ebenso meine Gäste, wie du, Tina. Bitte benimm dich“, entgegnete ihre Mutter.

Tina jedoch interessierte sich besonders wenig für den letzten Satz. „Das musst du mir aber jetzt erklären. Ich erinnere mich nur an drei missratene Geschwister, die mir immer das Leben schwer machten.“

„Nun ist es aber gut, Tina!“, sprang Darius erzürnt auf, der sich bis dato alles ruhig angesehen hatte.

„Du bist besser mal still, Mamas kleiner Liebling! Dir hat man immer alles in den Ar..."

„Tina", brüllte Margaret plötzlich so laut, dass sämtliche Anwesenden sich kleinlaut in ihre Stühle drückten. Sogar Tina verstummte. „Mark ist der Sohn eurer Halbschwester Kristen, die leider nicht mehr unter uns weilt. Also ist er mein Enkel. Ich war froh, als ich ihn endlich ausfindig machen konnte."

Umzingelt von fragenden Blicken lächelte Mark in die Menge. „Ich freue mich auch, Großmutter."

„Marks Mutter bekam ich, als ich in Amerika lebte und noch sehr jung war", fuhr Margaret fort. „Es war noch vor der Zeit, in der ich euren Vater kennenlernte. Ich liebte sie sehr und gerade deshalb gab ich sie damals den Nonnen eines nahe gelegenen Klosters. Ich konnte nicht für sie sorgen und wollte, dass sie es besser hat. Sechs Monate später kam ich zurück in die Heimat. Ein Jahr später war ich wohlhabender, als der Rest der Stadt und lernte euren Vater kennen. Gott habe ihn selig. Zu der Zeit versuchte ich, erneut Kontakt mit dem Kloster aufzunehmen, doch Kristen hatte bereits eine neue Familie gefunden." Die noch immer wunderschöne, alte Frau blickte traurig ins Leere. Dann schaute sie hoch zu Mark und lächelte. „Und jetzt habe ich endlich ihren Sohn und seine zauberhafte Verlobte gefunden."

„Was für eine rührende Geschichte", gähnte Tina gelangweilt und setzte sich plötzlich wieder gerade, als sei ihr eine glorreiche Idee gekommen. „Wie reich bist du eigentlich? Ich meine, du und Vater hattet ja so gut wie nie Zeit für uns und der alte Geizkragen hat sicherlich bis zu seinem Tod einiges angesammelt."

„Sag mal, schämst du dich denn gar nicht?", meldete sich Christoph überraschend zu Wort.

„Halt die Klappe, du Schleimscheißer!", fauchte die Angesprochene, führte ihre Unverschämtheiten jedoch nicht weiter aus.

Nach dem Essen zogen wir uns erst einmal zur Erholung zurück. Während Mark seine Beobachtungen notierte, machte ich mir ernsthaft Gedanken darüber, wie eine derart nette und herzliche Frau solche Nachkommen zustande brachte.

Nachmittags trafen wir uns alle im großen Aufenthaltsraum hinter der Treppe. Der Vorraum zur Privatwohnung ähnelte einem lauschig eingerichteten Wohnzimmer.

Im Laufe des Abends bildeten sich kleine Grüppchen. Margaret saß mit Agneta und Olivia auf einer der Fensterbänke. Hin und wieder sah sie herüber zum zweiten Grüppchen, das aus Tina und ihrem Mann Fabian bestand. Tinas Gatte sah nicht gerade glücklich aus. Sicherlich hätte er lieber etwas anderes getan, doch seine Frau hatte ihn an den Kamin zitiert. Darius, Christoph, Mark und ich spielten derweil am Tisch Poker. Nach und nach erfuhren wir etwas mehr von unseren Mitspielern. Darius war mir sofort sympathisch. Es schien mir, als wäre er immer bescheiden geblieben, auch wenn sein Kontostand der Zahl Pi gleichen musste – ohne Komma und in schwarzen Zahlen. Olivia passte gut zu ihm. Auch sie stammte aus reichem Hause, hatte sich jedoch entschieden, ihre Familie zu verlassen. Ohne zu wissen, dass Darius millionenschwer war, brannte sie mit ihm durch. Sogar Christoph hatte seine netten Seiten – hin und wieder. Einmal versuchte er, seine Beine unter dem Tisch an meine zu schmiegen. Die Sache konnten wir aber schnell klären, als ich seine Füße mit meinen Pfennigabsätzen kräftig traktierte.

Irgendwann schaute ich mit müden Augen von meinen Karten hoch zu den restlichen Gästen. Tina saß noch immer mit ihrem Mann am Kamin. An der Tür saß Hannah in einem kleinen Sessel und stickte. Agneta unterhielt sich aufgeregt mit ihrer Mutter, doch Olivia fehlte. Neben mir stand Christoph auf. „Ich muss mir mal für ein paar Minuten die Beine vertreten“, lächelte er und mit diesen Worten verließ er den Raum.

Ich weiß nicht, wann mich dieses komische, unangenehme Gefühl beschlich. Innerlich nervös blickte ich auf die Uhr. Es war kurz nach zehn und draußen war es fast dunkel.

„Was ist?“, flüsterte Mark.

Ich signalisierte meinem Partner, dass ich nach Olivia schauen wollte, stand auf und lief herüber zu Margaret. Sie verriet mir, dass ihre momentan abwesende Schwiegertochter vor etwa zwanzig Minuten nach dem Weg zur Toilette gefragt hatte. Ich dankte ihr und schlich mich aus dem Raum. Das Licht im Foyer war gedimmt und die Anmeldung nicht besetzt. Zügigen Schrittes durchquerte ich es und bog rechts von der Eingangstür in einen besser beleuchteten Gang ein, über dem ein Schild mit der Aufschrift *WC* prangte. In der Ferne meinte ich, Stimmen zu hören. Dann wurden sie deutlicher und ich beschleunigte meine Schritte.

„Nein! Lassen Sie mich in Ruhe! Gehen Sie weg!“, befahl Olivia mit ihrer sonst so ruhigen Stimme. Sie stand vor der Damentoilette, in die Ecke gedrängt und Christoph versperrte ihr den Weg.

„Ach komm schon, Püppchen“, witzelte er immer wieder vor sie springend.

„Sie hat *Nein* gesagt, Christoph“, grollte ich hinter ihm und er erschrak. Olivia nutzte seine Unaufmerksamkeit aus, hechtete an ihm vorbei und versteckte sich halb hinter mir. Christoph hatte sofort seine Fassung zurück. Einladend gestikulierend trat er einen Schritt auf uns zu.

„Wir sind doch alle hier, um etwas Spaß zu haben, oder nicht?“

„Such dir jemand anderen“, entgegnete ich drohend und baute mich vor ihm auf, erreichte jedoch nicht mal annähernd seine Größe. „Ich warne dich, lass sie in Ruhe.“

„Sonst was?“, kicherte er. „Rufst du sonst nach deinem Verlobten?“ Das letzte Wort setzte er übertrieben mit beiden Händen in Anführungszeichen.

„Nein“, antwortete ich bestimmt. „Um dir den rechten Arm zu brechen, brauche ich Mark nicht. Und den Arm benötigst du doch als Rechtshänder, oder?“

Schlagartig änderte sich sein Gesichtsausdruck. „Ich gehe schlafen“, plärrte er fast heraus, rauschte an uns vorbei und verschwand schließlich.

„Danke“, meinte Olivia erleichtert und ich sah sie aufmunternd an.

„Keine Ursache. Komm, lass uns zurückgehen.“

Der Rest des Abends verlief denkbar unspektakulär. Gegen halb zwölf war Tinas Geduld am Ende. Sie packte ihren Mann, der gerade einen weiteren Versuch unternehmen wollte, sich an unseren Pokertisch zu schleichen, und zerrte ihn mit den Worten „Ich brauche Schlaf!“ hinaus. Christoph schien niemand zu vermissen. Margaret bemerkte, dass es vielleicht für uns alle Zeit zum Schlafen sei. Morgen wollte sie uns ihren Rosengarten und den angrenzenden Wald zeigen.

Im Zimmer erzählte ich Mark, was vorgefallen war. Er hielt jede einzelne Beobachtung mithilfe seines Notebooks fest. Margaret hatte unser Zimmer mit zwei Einzelbetten versehen, die nur aneinandergeschoben waren und sich leicht ein Stück voneinander entfernen ließen. Gegen halb eins schloss ich die Augen und war sofort, mich in die weichen Daunen schmiegend, eingeschlafen.

„Nina, wach auf!" Ein Rütteln ging durch meinen Körper und es dauerte einige Sekunden, bis ich bemerkte, dass Mark mich beharrlich versuchte, zu wecken.

„Was denn?", murmelte ich, mir die Augen reibend und schaute mit zusammengekniffenen Lidern auf den Wecker. Es war kurz nach acht.

„Da draußen ist irgendetwas los! Komm, das müssen wir uns ansehen!", deutete er aufgeregt zur Tür.

Erst jetzt nahm auch ich die Stimmen und ein immer wiederkehrendes Poltern im Flur wahr. Den Morgenmantel über meinen Schlafanzug streifend, stolperte ich hinter Mark her zur Tür, die er ruckartig öffnete. Agneta stand vor Christophs Tür und klopfte energisch dagegen. Um sie herum standen Darius, Olivia und das Hausmädchen Hannah.

„Mach schon auf, Christoph!", brüllte Agneta im Befehlston, als Olivia uns bemerkte und zu uns lief.

„Hannah wischte gerade den Flur, als sie aus Christophs Zimmer ein Stöhnen vernahm. Sie wollte nach ihm sehen, doch er machte die Tür nicht auf", sagte sie aufgeregt und Mark stutzte.

„Haben Sie keinen Generalschlüssel für Notfälle?", richtete er seine Frage an das Hausmädchen, welches neben einem halb gefüllten Putzeimer stand.

„Doch", nickte es hastig. „Allerdings kann ich die Tür nicht öffnen, wenn sie von innen verschlossen ist und der Schlüssel steckt."

Tina streckte verschlafen den Kopf aus ihrer Tür. „Was ist da los?", knurrte sie wütend. Niemand beachtete sie.

Stattdessen sah ich, wie Mark Agneta vorsichtig beiseiteschob. „Christoph?", rief er, wartete kurz und meinte dann: „Wir kommen jetzt rein!" Blitzschnell zog er das rechte Bein an und trat kräftig gegen die Tür, welche krachend und mit umherfliegenden Holzsplittern aufflog. Marks breite Schultern versperrten mir gänzlich die Sicht, doch die Tatsache, dass er wie angewurzelt stehen blieb, verhieß nichts Gutes. „Scheiße!“, keuchte er entgeistert und blickte flüchtig hinter sich. „Ruft einen Krankenwagen!“, war alles, was er sagte, bevor er ins Zimmer stürmte und ich ihm hinterherhechtete.

Christoph lag regungslos vor seinem Bett. „Ist einer von euch Arzt?“, brüllte ich und sah, wie aus der kleinen, vor dem ausgefransten Türrahmen stehenden Menschentraube jemand hervortrat. Es war Fabian Melcher, der sich diesmal nicht von seiner Frau zurückhalten ließ.

„Ich bin Allgemeinmediziner. Vielleicht kann ich helfen“, sprach er hinter mir.

„Zu spät“, hörte ich Mark sagen und blickte mit angehaltenem Atem zu ihm hin. Er hockte neben Christoph und fühlte noch immer seinen Puls, der wohl nicht mehr vorhanden war. „Er ist tot“, bemerkte er, den Kopf senkend.

„Was?“ Wie betäubt sah ich auf den schlaffen Körper von Margarets Sohn. Er trug einen roten Schlafanzug und das Oberteil war halb aufgeknöpft. Sein Gesicht hatte einen starren Ausdruck angenommen, die Lippen waren bläulich und die Augen halb geschlossen. Mir wurde schlecht und dieser eigenartige Geruch machte das auch nicht besser. Irgendetwas roch komisch. Ich konnte diesen Geruch kaum einordnen. „Sagt mal, riecht ihr das auch?“, fragte ich schnuppernd und suchte nach der Quelle. Eindeutig wurde dieser Duft stärker, je näher ich dem Toten kam. „Das kommt von ihm!“

„Ist ja widerlich!“, quiekte Tina ein Stück hinter mir, als ihr Mann sich von mir abwandte.

„Bleibt alle draußen!“, befahl Fabian den anderen. „Drei Leute sind genug! Und ruft die Polizei! Du auch, Tina! Verdammt nochmal!“ Es war das erste Mal, dass ich ihn so reden hörte.

Bei Tina war es wohl nicht anders. Sie machte den Mund auf, um etwas zu sagen, drehte sich dann jedoch schwungvoll um und murrte. „Geschieht ihm recht, dem alten Lustmolch!“

„Beschreiben Sie, was Sie riechen“, sagte der Arzt dann mit sanfter Stimme.

„Es riecht ein bisschen, wie Marzipan. So wie Mandeln schmecken.“

„Oh nein!“, entgegnete Fabian mit weit aufgerissenen Augen. „Wenn das wahr ist! Dann wurde er vergiftet!“

„Ich rieche nichts“, meinte Mark verblüfft.

„Cyanid! Nur 20 bis 50 Prozent aller Menschen können den Geruch wahrnehmen“, platzte es im gleichen Moment aus mir heraus und der Arzt nickte.

„Fasst nichts an. Am besten warten wir mit den anderen im Flur auf die Polizei“, schlug Fabian vor und wir stimmten beide zu. Beim Hinausgehen versuchte ich, mir den Zustand des Zimmers möglichst genau einzuprägen. Vielleicht konnte es noch nützlich sein.

Der Raum war ordentlich. Ganz leise lief der Fernseher, was ich bis jetzt gar nicht bemerkt hatte. Auf dem Nachttisch stand eine halb leere Whiskyflasche und daneben ein Glas. Automatisch schwenkte mein Blick zur kleinen Vitrine, in der zwei Gläser fehlten. Wo war das andere Glas? Auf dem Bett hatte jemand gesessen, jedoch noch niemand gelegen. Das Kopfkissen zierte noch immer eine eingepackte Praline. Was immer geschehen war, es musste wohl schon gestern Abend passiert sein. Mein Schreck saß tief. Ich hatte schon unzählige Krimiserien gesehen, doch noch nie einen Toten aus der Nähe. Trotzdem sah ich, dass hier etwas faul war.

„Kommst du?“, hörte ich Mark fragen, befreite mich aus meinem Gedankenlabyrinth und lief hinterher.

Es war kaum möglich, Margaret zu beruhigen. Die arme Frau war gerade dabei, ihren Sohn kennenzulernen und hatte ihn schon wieder verloren. Das Hausmädchen war vollkommen verzweifelt. Immer wieder stammelte sie, dass so etwas noch nie in diesem Haus passiert war.

Etwas abseits von den anderen standen wir im Gang. „Er war schon kalt“, schüttelte Mark sich kaum merklich und vergrub sein Gesicht in den Händen. Behutsam legte ich meine Hand auf seinen Arm und spürte, wie er zitterte. Erstaunlicherweise war ich gefasster. Zwar erschütterte mich das, was mit Christoph passiert war, doch ich hatte mich so unter Kontrolle, dass ich mich selbst kaum wiedererkannte.

„Moment mal“, zweifelte mein Gegenüber plötzlich. „Er war kalt, also schon länger tot. Wie konnte das Hausmädchen dann ein Stöhnen hören?“

„Vielleicht kam es aus dem Fernseher“, zuckte ich mit den Achseln. „Oder es kam von einem der Nebenzimmer.“ Langsam nickte er und schien nicht länger darüber nachzudenken.

Im gleichen Moment ertönte die Türklingel. Die Polizei war schnell. Ein großer, junger Mann mit grünen Augen stellte sich uns allen als Hauptkommissar Müller vor. Ihm folgten zwei Herren von der Spurensicherung sowie ein Arzt – oder wohl eher Pathologe. Müller befahl uns allen, in unseren Zimmern zu warten. Natürlich würden wir uns nicht zurückziehen.

Hinter sich sperrte Müller den Türrahmen behelfsmäßig mit einem dünnen Absperrband ab. Als er uns sah, schnalzte er verächtlich mit der Zunge. „Was machen Sie noch hier? Sie werden gleich verhört", brummte er ungeduldig und zog dabei ein kleines Notizbuch aus seiner Hosentasche.

„Wir haben wichtige Informationen", entgegnete Mark bestimmt und erntete einen vernichtenden Blick.

„Was hier wichtig ist, bestimme noch immer ich. Gehen Sie", knurrte Müller.

„Auf den ersten Blick könnte es ein Herzinfarkt sein", hörte ich den Pathologen hinter Müller feststellen und schüttelte entschieden den Kopf.

„Er ist vergiftet worden! Mit Cyanid!", meinte ich und sah, wie Müllers Wangen sich rosarot einfärbten.

Auf seiner Stirn trat eine Ader hervor. „Sie wagen es ...! Wer sind Sie überhaupt?"

„Moment!", sagte der Pathologe, dessen Kopf plötzlich hinter Müller auftauchte und sah mich interessiert an, während er Hauptkommissar Müller unachtsam beiseiteschob. Etwas umständlich nahm er seinen Handschuh ab und streckte mir die Hand entgegen. Während Müller neben ihm kochte, meinte er mit einem freundlichen Lächeln: „Frank Schöneberg, freut mich."

Artig schüttelten Mark und ich seine Hand, als er mit dem Kopf nach hinten deutete und mich ansah. „Wie kommen Sie auf die Idee?"

„Nun ja. Wir beide haben ihn gefunden, nachdem Mark die Tür aufgebrochen hatte", begann ich und hatte sofort seine Aufmerksamkeit. „Ich bemerkte einen seltsamen Geruch, der vom Toten ausging. Fabian Melcher, einer der anderen Gäste, ist Arzt und er meinte, dass dieser Geruch durchaus von Cyanid stammen könnte. Obwohl er selbst nichts riechen konnte."

„Ich rieche auch etwas!", meldete sich einer der Herren von der

Spurensicherung und Schöneberg nickte. „Da haben Sie's. Nicht jeder kann diesen Geruch wahrnehmen und doch ist er da. Gute Arbeit."

„Danke", freute ich mich über das Lob und deutete dann in Richtung des Toten. „Außerdem waren seine Lippen und Fingernägel blau verfärbt ..."

„Das ist doch lächerlich! Gehen Sie auf ihre Zimmer!", unterbrach Müller mich und sah uns zornig an.

„Nein, im Gegenteil!", lachte Schöneberg auf. „Ich möchte mich mit der Dame und ihrem Begleiter noch etwas unterhalten. Und Sie sollten das ein oder andere notieren. Sollten Sie schon jetzt vergessen haben, dass es auch andere Menschen gibt, die etwas Wichtiges zu sagen haben?"

Das hatte gesessen. Müller schnaubte wie ein wütender Stier, zog aber dann seinen Stift und wandte sich ab.

„Sind Sie vom Fach?", fragte der Pathologe mich und ich winkte sofort ab.

„Ganz und gar nicht! Ich habe nur manchmal Probleme mit dem Einschlafen und schaue mir oft abends Autopsiesendungen an", lächelte ich verlegen und bemerkte, wie Mark mich stirnrunzelnd ansah.

Schöneberg lachte herzlich auf. „Genial! Das mache ich auch oft! Bleiben Sie bitte hier und erzählen Sie Herrn Hauptkommissar Müller und mir, was Sie noch gesehen haben. Nicht dass Sie meinen, ich sei unhöflich – ich höre weiter zu." Mit den Worten wandte der Pathologe sich ab, um die Untersuchung fortzusetzen.

„Auf dem Nachtschrank steht eine halb leere Flasche mit Whisky und ein leeres Glas", begann Mark und ich ergänzte: „In der Vitrine fehlen zwei Gläser und das andere konnte ich auf Anhieb nicht finden. Wurde er vielleicht mit dem Whisky vergiftet?" Ich sah, wie Schöneberg den Kopf schüttelte.

„Es sind zwar schon geringe Mengen Cyanid tödlich, doch löst sich dieses Teufelszeug nicht in Alkohol", meinte er. „Trotzdem nimmt die Spurensicherung alles mit, um es zu untersuchen. Vorsorglich. Henning, lassen Sie die Dame mal an Glas und Flasche schnuppern."

Einer der Männer der Spurensicherung brachte mir beides – ich roch nichts, außer Alkohol.

„Das andere Glas werden wir suchen", brachte nun auch Müller sich ein und sah mich mit ungewohnt sanftem Gesichtsausdruck an. Vielleicht merkte er gerade selbst, dass er sich danebenbenommen hatte. „Wer weiß, Frau Marean. Vielleicht haben wir durch Sie beide bereits eine Spur. Haben Sie noch etwas für uns?"

„Der Raum war von innen abgeschlossen", bemerkte Mark. „Das Hausmädchen hat einen Generalschlüssel, kann aber nicht aufschließen, wenn innen ein Schlüssel im Schloss steckt."

Verblüfft starrte Müller auf die halb aus den Angeln gerissene Tür, blickte dahinter und murrte. „Tatsächlich! Schneider? Könnten Sie mal?" Der zweite Herr von der Spurensicherung tappte zur Tür und zog den Schlüssel aus dem Schloss. „Bitte kein Mord hinter verschlossenen Türen", seufzte Müller.

„Kann ich den mal sehen?", fragte Mark, warf einen Blick auf das Stück Metall und klopfte Müller auf die Schultern. „Sehen Sie die Kratzer auf dem Bart?"

Müller kniff angestrengt seine Augen zusammen. „Ja. Was ist das?"

„Da hat jemand den Schlüssel von außen gedreht. Dazu reicht unter Umständen schon eine Pinzette", grübelte Mark und meinte auf Müllers fragende Blicke hin: „Mein Opa ist Schlosser."

„Raffiniert!", grinste der Hauptkommissar. „Da hat sich ja wirklich jemand Mühe gegeben, uns zu verwirren. Gehen Sie jetzt besser auch in Ihr Zimmer", bemerkte er, als es im Nebenzimmer unruhig wurde. „Ich werde später jeden Einzelnen von Ihnen verhören müssen – getrennt. Ich werde Sie rufen."

Über eine halbe Stunde verbrachten wir in unserem Zimmer, erholten uns von dem Anblick des grausigen Fundes und rätselten wie zwei Hobbydetektive, wer denn nun zu dieser furchtbaren Tat in der Lage gewesen wäre. „Wir müssen unbedingt mit der Polizei kooperieren", meinte Mark und ich stimmte ihm zu. Was nutzte es, dem Hauptkommissar das gleiche Theater vorzuspielen, wie den anderen?

Schließlich wurde Mark von Herrn Müller abgeholt und in ein anderes Zimmer gebracht. Fünfzehn Minuten später war ich dran. Müller führte mich in ein freies Hotelzimmer und fragte mich aus. Ich gab meine wahre Identität preis. Offen sprach ich von Margaret und ihrem Plan, ihre ihr völlig fremden Kinder beobachten zu lassen, um ihr Testament entsprechend abändern zu können.

„Das deckt sich mit der Aussage ihres Partners“, meinte er schließlich und ich nickte.

„Natürlich tut es das.“

„Nun gut“, schnaufte Müller mit undurchsichtigem Gesichtsausdruck und stand auf. Ich tat es ihm gleich. „Sie können nun in den Aufenthaltsraum gehen. Bitte bleiben Sie dort, bis ich alle sich in diesem Hotel befindlichen Personen verhört habe. Ich gebe Ihnen Bescheid, wenn Sie zurück in Ihr Zimmer können“, sagte er, während er mir die Tür öffnete.

„Wenn wir irgendwie helfen können …“, begann ich, wurde aber von einer Handbewegung seinerseits gestoppt.

„Das ist sehr freundlich von Ihnen. Jedoch muss ich zumindest von nun an nach Vorschrift agieren und die besagt nun einmal, dass mit Verdächtigen keinesfalls über Einzelheiten des Falls gesprochen werden darf. Und so schwer es mir fällt, dies zu sagen – momentan ist hier jeder verdächtig. Auch Sie.“

Ich gesellte mich zu Mark und zusammen beobachteten wir mit unendlicher Langeweile, wie sich der Saal füllte. Die Letzte war Tina. Mit hochrotem Kopf riss sie die Tür auf, stampfte zu ihrem Mann herüber und regte sich fürchterlich darüber auf, dass sie in diese Schmierenkomödie mit hineingezogen wurde. Die arme Margaret hatte sich endlich beruhigt. Hannah versorgte sie mit einem kalten Waschlappen und etwas zu trinken und wachte über sie wie eine fürsorgliche Mutter. Untereinander beobachtete man kritisch, ob das Gegenüber sich verdächtig verhielt. Am liebsten wäre ich einfach nach Hause gefahren, doch Hauptkommissar Müller hatte angeordnet, dass wir alle bleiben mussten, bis sämtliche am Tatort genommenen Proben analysiert und ausgewertet waren.

„Wie konnte so etwas Schreckliches nur passieren?“, brach Agneta das Schweigen und sah den Tränen nahe in das Feuer des Kamins.

„Das kann ich dir sagen“, blaffte Tina hysterisch, sprang auf und deutete auf Mark und mich. „Dieser Bastard und seine Freundin hier, dieses minderwertige Pack, die sind an allem schuld!“

„Nun hör aber mal auf, Tina!“, erhob sich nun auch Agneta und stellte sich aufbrausend schnaufend vor ihre Schwester. „Wenn das Spiel vorbei ist, kommen König und Bauer in dieselbe Kiste! Nur weil du reich geheiratet hast, bist du noch lange nichts Besseres!“

„Was?“, brüllte die Angesprochene so laut, dass die Gläser in der Vitrine mit einem hohen Klang antworteten. „Du hässlicher Paradiesvogel wagst es, so mit mir zu reden? Wohin hast du es bis jetzt gebracht? Du ewige Studentin? Verkaufst deine Kunst auf der Straße!“

„Ich bin glücklich mit meinem Leben. Kannst du das von deinem behaupten?“, meinte Agneta ruhig, was Tina nur noch mehr auf die Palme brachte. Völlig außer Atem starrte sie in die Menge, als suchte sie ein neues Opfer und erblickte Olivia, die sie ängstlich ansah.

„Wag es nicht, du Giftspitze! Lass Olivia aus dem Spiel!“, polterte Darius.

Tina lachte laut auf. „Für dieses Mauerblümchen verschwende ich meinen Atem nicht. Und du, braver kleiner Junge. Wenn ich in deiner Vergangenheit grabe, finde ich doch bestimmt auch die ein oder andere Leiche im Keller, die du für deine Karriere beiseiteräumen musstest. Vielleicht hast du ja Christoph umgebracht, damit du mehr erbst! Oder er hat sich an dein Mädchen rangemacht und du wolltest dich rächen! Na?“

Darius blieb ruhig. „Wenn du deinen Prellbock, diesen armen Kerl, nicht hättest, wären sicherlich auch schon Menschen zu Tode gekommen“, bemerkte er und sah, wie Tina ihren Mann anschaute, der absolut nichts sagte.

„Es reicht!“, brüllte Mark so laut neben mir, dass ich, wie auch einige der anderen, zusammenzuckte. In ihrem Sessel kauernd, wie ein Häufchen Elend, schluchzte Margaret leise vor sich hin.

„Wir gehen auf unser Zimmer!“, bestimmte Tina, keinerlei Mitleid zeigend, und schleifte ihren Mann mit sich.

„Das wird auch für mich das Beste sein. Es tut mir leid, Mama“, bemerkte Agneta und verließ ebenfalls den Raum.

Behutsam legte ich meine Hand auf den Arm der alten Frau. „Margaret. Du wolltest uns doch deinen schönen Rosengarten zeigen. Lass uns ein bisschen an die frische Luft gehen“, schlug ich vor.

Sie sah hoch, lächelte müde und nickte zaghaft.

Während Margaret mit Hannah, Mina, Darius, Olivia, Mark und mir langsam durch den Garten lief, folgte uns ein uniformierter Mann auf Schritt und Tritt. Es dauerte über eine halbe Stunde, bis die arme alte Frau sich beruhigt hatte.

„Entschuldigt. Ich hätte wissen müssen, dass dieses Treffen nicht gut ablaufen würde. Vater und ich waren oft nicht für euch da und ich konnte verstehen, dass ihr alle so früh ausgezogen seid", meinte Margaret, als wir unter prächtig blühenden Rosenbögen hindurchliefen.

Darius stoppte sie behutsam. „Mutter, ich möchte mal etwas klarstellen. Zumindest mir und auch Agneta war es stets klar, dass ihr nicht immer für uns da wart, weil ihr rund um die Uhr gearbeitet habt. Ihr habt uns so eine teure Ausbildung ermöglichen können, damit wir es später leichter haben. Was mich angeht, so bin ich früh ausgezogen, weil ich mit Vater nicht mehr gut zurechtgekommen bin. Ich habe dich trotzdem sehr vermisst und dir fast jede Woche geschrieben."

„Ich habe die Briefe noch alle in meinem Schreibtisch", entgegnete Margaret und sah ihren Sohn irgendwie erleichtert an.

„Und ich habe deine alle im Wohnzimmerschrank in einem kleinen Kistchen", antwortete er und nahm seine Mutter in den Arm.

Zu Mittag gab es Spaghetti Napoli und als Nachtisch Pudding. Alles wurde uns auf das Zimmer gebracht. Überhaupt verließen wir unser Zimmer nach dem kleinen Spaziergang im Garten nicht mehr. Hannah versicherte uns, sich um Margaret zu kümmern, und am späten Nachmittag zogen Hauptkommissar Müller und seine Helfer ab, nachdem sie alle Zimmer durchsucht und offenbar nichts gefunden hatten. Trotzdem wurde eine Wache vor dem Haus postiert. Man versprach, uns auf dem Laufenden zu halten, was die Ermittlungen anging – soweit das eben möglich war. Im Endeffekt waren wir bis auf Weiteres Gefangene in einem Luxushotel.

„Ich muss noch mal raus. Bitte bleib währenddessen hier, schließ die Tür ab und lass niemanden rein. Ich klopfe viermal und trete dann einmal leicht gegen die Tür, wenn ich wieder rein will", flüsterte Mark schon fast, während ich zwischen verschiedenen Fernsehsendern wechselte.

Fragend sah ich ihn an. „Was willst du denn machen?"

Entschieden schüttelte er den Kopf. „Vertrau mir einfach. Ich muss nur etwas überprüfen."

„Sei vorsichtig!", flüsterte ich, als er das Zimmer verließ. Wie er es mir riet, schloss ich die Tür ab.

Schneller, als ich dachte, vielleicht nach zwanzig Minuten, waren seine Klopfgeräusche zu hören. Ich öffnete, ließ ihn herein und nun war er es, der übertrieben schnell die Tür schloss.

„Was ist los?“, fragte ich, ihn verstört anstarrend.

„Fest steht, dass sich hier ein Mörder herumtreibt. Es war ruhig auf den Fluren, aber ich schwöre, dass mich jemand beobachtet hat. So ein unangenehmes Gefühl ...!“ Er schüttelte sich voller Unbehagen. Besorgt legte ich ihm die Hand auf die Schulter. „Wir müssen uns mit dem Schlafen abwechseln“, entschied er. „Ich übernehme gerne die erste Schicht. Wenn ich etwas höre, wecke ich dich.“

Wie vorgeschlagen, übernahm Mark die Wache in den ersten Stunden. Im Nachhinein, als er mich um drei Uhr in der Nacht weckte, war ich erstaunt darüber, wie schnell ich eingeschlafen war. Wenn auch anfangs verschlafen, hielt ich bei der zweiten Schicht die Augen offen und horchte aufmerksam auf jedes Geräusch. Um acht Uhr weckte ich ihn.

Alles in allem verlief die Nacht ruhig und bis auf ein Käuzchen, das sein Nest im Baum vor unserem Fenster hatte, war kein ungewöhnliches Geräusch zu hören.

Um neun machten wir uns auf den Weg zum Speisesaal. Als wir dort eintrafen, waren Margaret, Hannah und Agneta bereits anwesend. Wir wurden freundlich begrüßt und stürzten uns hungrig auf das Buffet. „Lassen Sie etwas Platz für das Mittagessen“, lächelte Hannah freundlich. „Es gibt etwas ganz Besonderes.“

Etwa eine Viertelstunde nach unserem Eintreffen kamen Olivia und Darius. Tina und Fabian jedoch schienen heute Morgen lange schlafen zu wollen. Ohne Tina war die Unterhaltung ohnehin sehr viel entspannter, ja richtig angenehm.

Um zehn Uhr begann ich, mir Sorgen zu machen.

„Möchtest du nach den beiden sehen?“, fragte Mark, der meine Unruhe bemerkt hatte. Wir waren ohnehin fertig.

„Ja“, flüsterte ich.

„Um ein Uhr gibt es Mittagessen, meine Lieben“, sagte Margaret und deutete hinaus. „Womöglich möchtet ihr euch die Ländereien ansehen. Die Nachbarn haben Pferde.“

„Oh, ich reite so gerne“, meinte Olivia begeistert und sah ihren

Mann voller Freude an. „Meinst du, wir könnten uns die Pferde ansehen?"

„Sicher", lachte dieser und beide brachen auf.

Die Zimmertür von Tina und Fabian war verschlossen. Mit angestrengtem Blick sah ich durch das Schlüsselloch. Der Raum war noch abgedunkelt, doch ein Schlüssel steckte nicht, so viel konnte ich sehen.

Energisch klopfte Mark an. „Tina? Fabian? Sind Sie hier drin?"

Ein leises Stöhnen war zu hören.

„Alles in Ordnung?", rief ich und hörte das Rascheln einer Bettdecke.

„Moment, ich komme", murmelte Fabian verschlafen und es dauerte fast eine Minute, bis er endlich die andere Seite der Tür erreichte. Unbeholfen steckte er den Schlüssel ins Schloss und schaffte es, ihn nach mehrmaligen Versuchen umzudrehen. Sich die Augen vor dem Licht abschirmend, stand er nur in Boxershorts vor uns und es fiel ihm sichtlich schwer, zu sprechen. „Mir geht es gar nicht gut und Tina ist nicht mehr neben mir im Bett gewesen. Ich weiß nicht ...", brach er mitten im Satz ab, schloss die Augen und lehnte sich müde gegen die Tür.

„Was ist denn passiert?", fragte Mark, ihn besorgt stützend. „Seit wann fühlen Sie sich schon so?"

Fabian öffnete mühsam die Augen. „Ich weiß nicht. Gestern Abend haben wir noch etwas getrunken und danach .... Ich kann mich nicht mehr erinnern. Ich muss durchgeschlafen haben. Wie spät ist es?"

Mark sah mich besorgt an. „Schon wieder Gift im Getränk?", flüsterte er.

Fabian rieb sich die Augen und versuchte, konzentriert zuzuhören. „Wie bitte?"

„Ich rufe jetzt einen Krankenwagen, Fabian!", antwortete ich und zog mein Handy aus der Tasche. „Komm mit rein und setz dich. Wir werden Tina für dich suchen."

Während ich die Nummer wählte, ging Mark vor, um die Vorhänge am Fenster zu öffnen. Fast dort angekommen, stolperte er und fiel um ein Haar. Fluchend riss er die Vorhänge auf, drehte sich um und starrte zu Boden. Die Augen aufreißend, stieß er einen weiteren Fluch aus.

Auch ich erblickte das, worüber er gestolpert war, sofort. Es war ein Fuß. Der Rest war vom Bett verdeckt, doch ich wusste sofort, wer es war. Ich setzte Fabian am Türrahmen ab und lief entsetzt ins Zimmer, als sich am anderen Ende der Leitung eine männliche Stimme meldete.

Tinas Anblick verschlug mir die Sprache. Sie lag auf dem Rücken, gekleidet in ein Nachthemd. Die Augen hatte sie geschlossen und in ihrer rechten Schulter klaffte eine blutende Wunde.

Mark hockte neben ihr und fühlte ihren Puls. Erleichtert schaute er zu mir auf. „Sie lebt!"

„Hallo?", riss die Stimme am Telefon mich aus der Starre.

„J...ja", stotterte ich verwirrt und schilderte, wo wir waren und was passiert war. Man versicherte mir, dass Hilfe unterwegs sei.

Derweil versuchte Mark, die Blutung zu stoppen, drückte ein Halstuch, welches er von einem Stuhl genommen hatte, darauf. „Tina? Hören Sie mich?", sagte er, doch es kam keine Reaktion.

Mir fiel auf, dass das Blut, welches sie verloren hatte, sehr dünnflüssig war. Rechts neben ihr gab es sogar eine kleine, klare Pfütze. Ich konnte mir keinen Reim darauf machen, hoffte einfach nur, dass sie noch etwas durchhielt.

„Tina?", murmelte Fabian hinter mir und Mark flüsterte: „Hoffentlich war er es nicht."

„Oh mein Gott!", kreischte Fabian entsetzt, als er seine Frau erblickte.

„Sie lebt! Helfen Sie mir, Fabian. Reißen Sie sich zusammen! Sie sind Arzt. Was kann ich tun?", fragte Mark ihn hastig und ich sah, wie Fabian nachdachte.

„Sie dürfen sie nicht bewegen. Wir wissen nicht, wie sehr sie verletzt ist", antwortete er, hockte sich neben Mark und strich seiner ohnmächtigen Frau über die Wange. „Drücken Sie weiter auf die Wunde. Halt durch, Tina!"

„Ich hole den Polizisten", meinte ich und lief hektisch hinaus. Schnell fand ich den uniformierten Mann auf der Treppe und schilderte ihm, was passiert war.

Eine halbe Stunde später war das Haus wieder voll von Menschen. Die Sanitäter hatten Tina erstversorgt und ihr Zustand war stabil genug, um sie in das nahe gelegene Krankenhaus zu transportieren. Auch Fabian nahmen sie mit. Allerdings wurde er von zwei Polizeibeamten begleitet, denn momentan war er der Hauptverdächtige.

Wieder saß ich in dem Zimmer, in dem ich schon einmal verhört worden war ... dieses Mal mit Mark, der noch keine Möglichkeit hatte, sich zu waschen, und aussah wie ein Metzger. Nacheinander schilderten wir alles, was wir mitbekommen hatten, während Müller fleißig notierte.

„Sie glauben also, Fabian Melcher hat seine Frau nicht angerührt?", fragte er skeptisch.

„Nein", entgegnete Mark. „Wenn Sie mich fragen, wurde er mit etwas betäubt, damit er nicht mitgekommen konnte, wie jemand versuchte, seine Frau zu töten."

Müller nickte langsam. „Die Kollegen berichteten mir, dass er aussagte, er könne sich seit gestern Abend an nichts mehr erinnern."

„Vielleicht hat man beiden ein Schlafmittel verabreicht", meinte ich nachdenklich.

Müller horchte auf. „Wie kommen Sie auf die Idee, dass beide betäubt waren?"

„Wir haben uns mit dem Schlafen abgewechselt", entgegnete Mark. „Einen Kampf hätten wir gehört, auch wenn ihr Zimmer ganz vorne am Anfang des Flurs liegt. Zumal Tina eine sehr durchdringende Stimme hat. Außer es ist passiert, als wir frühstücken waren. Wir haben um Viertel vor neun unser Zimmer verlassen."

Nachdem wir eine weitere Viertelstunde ausgequetscht worden waren, entließ Müller uns endlich in die Freiheit. „Übrigens hatten Sie recht", meinte er, als wir schon an der Tür waren. Mit fragendem Blick drehten wir uns beide erneut zu ihm um. „Christoph Jurew wurde durch Cyanid vergiftet und das Glas, welches Sie gefunden haben, enthielt Spuren davon ... neben Whisky."

„Glas?", fragte ich verwirrt und sah Mark an.

„Gestern Abend bin ich in die Küche geschlichen und habe ein Whiskyglas in der Spülmaschine gefunden. Gott sei Dank hatte sie noch keiner angestellt, weil sie erst halb voll war. Das wäre aufgefallen", erklärte Mark.

„Bliebe noch die Frage, wie sich dieses Gift im Whisky gelöst hat", murmelte der Hauptkommissar.

Plötzlich durchfuhr mich ein Gedankenblitz. Irgendwo hatte ich so etwas schon einmal gesehen. „Eiswürfel!", stieß ich hervor und hatte sofort die Aufmerksamkeit beider Männer. „Das Gift war nicht im Whisky, sondern in den Eiswürfeln! Cyanid löst sich in Wasser und Whisky trinkt man doch normalerweise auf Eis, oder?"

„Eis!", entgegnete Müller vollkommen entgeistert. „Die Kollegen werden keine Tatwaffe finden, die zu der Wunde von Tina Melcher passt, denn auch hier war Eis im Spiel. Neben ihr befand sich eine klare Pfütze. Die Waffe war aus Eis! Sie beide sind genial!", wackelte er beeindruckt mit dem Stift und setzte ohne Vorwarnung zum Spurt an, um an uns vorbei aus der Tür zu laufen. „Entschuldigen Sie mich. Und denken Sie mal über einen Jobwechsel nach!" Mit den Worten war er schon verschwunden.

„Wer auch immer Christoph umgebracht hat", begann Mark, „kennt sich in diesem Haus aus, ist intelligent, plant akribisch voraus und hat einen Generalschlüssel. Außerdem kommt er an Gift und Betäubungsmittel."

„Fabian ist Arzt und hat Anatomiekenntnisse", meinte ich weiter. „Er weiß, wohin er stechen muss, um jemanden zu töten. Also fällt er sowieso weg."

Mark nickte und fuhr fort: „Ein Generalschlüssel hängt neben dem Empfang. Das habe ich zufällig gesehen und den hätte jeder nehmen können. Wie viele Angestellte gibt es?"

Ich überlegte, zählte alle auf, die ich bereits gesehen oder von denen ich gehört hatte. Es waren elf Personen. Irgendwie kamen wir mit all den Überlegungen aber nicht wirklich weiter.

Fortan hatten wir verstärkte Polizeipräsenz im gesamten Haus. Noch nicht einmal zur Toilette im Erdgeschoss konnte man unbeobachtet gehen. Am liebsten wäre ich einfach von diesem Ort geflohen. Alle Personen im Hotel – außer Margaret – dachten noch immer, dass Mark ihr Enkel war. Mir war mittlerweile klar, dass es niemand von außerhalb sein konnte, denn das Hotel lag doch recht abgelegen und bei Anbruch der Dunkelheit schaltete sich automatisch eine Alarmanlage ein. Das erzählte Margaret uns.

Das geplante Mittagessen wurde natürlich abgesagt und stattdessen ein kleiner Imbiss auf die Zimmer gebracht. Da es sowieso momentan keinen Sinn hatte, blieben wir auch gleich dort und würden uns nachts wieder mit dem Schlafen abwechseln.

Von der Rückkehr der anderen von ihrem Ausflug bekamen wir gar nichts mit. Gegen halb zehn erreichte uns die Meldung, dass Tina nicht mehr in Gefahr schwebe, jedoch wurden in der Tat Schlafmittel in beträchtlicher Menge in ihrem und Fabians Blut gefunden. Sie würde sicherlich noch eine Weile in der Klinik bleiben müssen, doch Fabian käme morgen zurück. Wir waren neben Margaret die Einzigen, denen Hauptkommissar Müller diese Information zukommen ließ. Offenbar vertraute er uns. Fabian wurde angewiesen, zu sagen, dass seine Frau vermutlich nicht durchkommen würde. Welche Strategie Müller damit verfolgte, war mir noch unklar.

Am nächsten Morgen fiel das Frühstück aus, dafür sollte es heute das große Mittagessen geben. Schon gegen zwölf Uhr machten wir uns auf den Weg zum Speisesaal. Vorher hatte Mark noch etwas zu erledigen. Er müsse in die Küche, meinte er, doch mehr sagte er mir nicht und ich bohrte auch nicht weiter. Vermutlich gab es wieder ein Glas, diesmal mit Schlafmittelrückständen. Wir waren die Ersten, doch schnell trafen auch Margaret mit Hannah, dann Olivia mit Darius und schließlich auch Agneta ein. Fabian war der Letzte. Er sah sehr mitgenommen aus. Alle sprachen wir ihm gegenüber unser Mitgefühl aus, während ein junger Mann die ersten Getränke servierte.

Es war beunruhigend still, während wir die Vorspeise zu uns nahmen. Niemand wollte ein Gespräch beginnen und trotzdem lag es irgendwie in der Luft, dass Margarets verbliebene Kinder sich einig darüber waren, wie erleichtert Fabian über das Ableben seiner Frau sein konnte. Außerdem waren alle glücklich darüber, dass sie voraussichtlich heute Nachmittag abreisen durften. Die Nachforschungen der Polizei sollten dann so weit fortgeschritten sein, dass alle nach Hause könnten. Abrufbereit sollten wir noch immer bleiben. Müller meinte, die Ermittlungen seien bis dahin abgeschlossen und der Mörder gefasst.

Als die Entenbrust mit Soße auf einem großen Tablett gebracht wurde, duftete es herrlich. Margaret bekam als einzige Vegetarierin stattdessen ein Sojaschnitzel. Allerdings blinzelte sie immer wieder auf das Fleisch. „Kann ich auch etwas davon probieren? Ausnahmsweise?“, fragte sie den Kellner, der lächelnd nickte.

„Es ist doch genug für alle da, Frau Jurew!“

„Aber Ihr Cholesterin, Frau Jurew!“, wandte Hannah ein und legte der alten Dame behutsam die Hand auf die Schulter.

„Och Hannah! Nur einen Bissen?“, fragte Margaret mit einem Dackelblick, doch Hannah blieb hart und schüttelte entschieden mit dem Kopf.

Der Kellner jedoch lud im gleichen Moment ein Stück Fleisch auf ihrem Teller ab und strich ihr über den Arm. „Man muss sich auch mal etwas gönnen, Frau Jurew. Sie trinken und rauchen nicht. Ein Stückchen Fleisch wird Sie nicht umbringen.“

„Danke“, schmunzelte die Dame glücklich.

Während wir ihr alle gerührt zusahen, schnitt sie sich ein Stück ab und führte es voller Freude zum Mund. Dann passierte etwas, das ich nicht erwartet hätte. Gerade, als sie hineinbiss, sprang Hannah ihr schreiend an den Hals. „Nein! Spucken Sie das Stück wieder aus! Ich flehe Sie an!“ Den Teller mit der restlichen Entenbrust schlug sie vom Tisch. Die alte Dame schluckte das Stück seelenruhig herunter und Hannah begann bitterlich zu weinen. „Nein!“, schluchzte sie. „Das wollte ich nicht!“

Neben mir stand Mark auf und ging langsam zu Margaret und Hannah hinüber. „Was wollten Sie nicht, Hannah?“

„Ich wollte nicht, dass sie stirbt!“, jammerte sie, während Rinnsale von Tränen ihre Wangen hinunterliefen.

„Aber mir geht es doch gut, Hannah!“, entgegnete Margaret, doch Hannah ließ sich nicht beruhigen.

„Das war nicht der Plan!“, heulte sie, sich an Margarets Stuhl festhaltend, damit sie nicht gänzlich zusammenbrach.

„Hannah“, sagte Mark laut und sofort blickte die Frau zu ihm hoch. Mit einer Gabel spießte er eine der Entenbrüste auf, nahm sie sich und biss herzhaft hinein. Ungläubig starrte Hannah ihn an, als er das Stück genüsslich herunterschluckte und sich den Mund mit einer Serviette abtupfte. „Ich habe den Koch angewiesen, das Fleisch, welches er zuerst zubereitet hatte, in einem Beutel der Polizei zu übergeben und neues Fleisch zuzubereiten. Gott sei Dank hatte er genügend da“, erklärte Mark. „Es war nur eine Ahnung, aber offensichtlich hatte ich recht damit. Niemals wollten Sie Margaret in Gefahr bringen und da Sie die einzige Vegetarierin hier ist, war das der sicherste Weg." Es klang, als hatte mein Partner das Hausmädchen schon länger unter Verdacht. Ein ungläubiges Tuscheln erfüllte den Raum und Hannah starrte meinen Partner an.

„Der Plan war perfekt! Sie! Sie haben alles kaputt gemacht!", schrie sie plötzlich hysterisch auf.

„Wieso wir? Sie kennen uns doch so gut wie gar nicht!", fragte Mark und Hannah lachte auf.

„Ich kenne Sie! Sie sind Ratten, allesamt! Jahrzehnte lang haben Sie sich einen Scheißdreck um diese wundervolle Frau gekümmert und jetzt kommen Sie alle wegen des Erbes angekrochen!", spuckte sie förmlich aus.

„Du hast Christoph ermordet?", keuchte Margaret entgeistert und Hannah nickte, sich die Tränen fortwischend.

„Ja, er war ein furchtbarer Mensch!"

Margaret schlug sich entsetzt beide Hände vor den Mund.

„Aber, er wollte Sie nur ausnehmen. Und außerdem stellte er jeder Frau nach! Und Tina, dieses Miststück, habe ich auch erledigt", meinte sie, als hätte sie etwas vollkommen Selbstverständliches getan.

„Tina lebt und sie kann Sie identifizieren, obwohl Sie ihr eine Elefantendosis Schlafmittel verabreicht hatten, bevor Sie auf sie einstachen", sagte mein Partner ruhig und Hannah wich jegliche Farbe aus dem Gesicht.

„Selbst wenn", spie sie aus. „Ich hätte sie gefunden und meine Mission zu Ende geführt!"

„Ich denke, das ist genug!", bemerkte Mark und schaute zur Tür. „Hauptkommissar Müller?"

Sofort öffnete sich die Tür und der Gerufene trat mit zwei Kollegen ein. Ohne sich zu wehren, ließ Hannah sich abführen. Es war vorbei.

Schon am nächsten Tag hatte der Alltag mich wieder voll im Griff. Mark ging es da nicht anders. Mit Mühe und Not rettete ich mich zum Freitag.

Mittlerweile hatte sich Hauptkommissar Müller bei uns gemeldet. Er meinte, da wir ihm so sehr geholfen hatten, wollte er uns auch sorgfältig Bericht erstatten. Hannah Beiser, die nun über fünfzehn Jahre für Margaret Jurew arbeitete, wollte diese nach eigenen Aussagen nur schützen. Spät am Abend klopfte sie leicht bekleidet bei Christoph Jurew an die Tür, der sie natürlich hereinließ. Sie brachte eine Flasche Whisky und einen Kühlbehälter mit Eiswürfeln mit, welche sie vergiftet hatte. Nachher legte sie Eiswürfelbehälter und Glas in die Spülmaschine. Gott sei Dank fand Mark das Glas. Das Gift bekam sie von ihrem Bruder. Er arbeitete in einem Chemiekonzern und zwackte etwas Cyanid für sie ab, damit sie die Ratten im Haus besser bekämpfen konnte. Welche Ironie.

Tina und Fabian stellte sie einen Nachttrunk hin, den sie mit Schlafmitteln versetzte. Diese wiederum nahm sie aus der Hausapotheke. Margaret Jurew litt des Öfteren an Einschlafproblemen und so fiel es nicht auf, dass ein paar Tabletten fehlten. Gegen Morgen schlich Hannah sich dann mit dem Generalschlüssel in das Zimmer. Um keinen Fingerabdruck auf einer Waffe zu hinterlassen, die später vielleicht entdeckt werden würde, nahm sie einfach einen Eiszapfen und packte diesen in einen Kühlbeutel. So blieb ihr etwas Zeit, um zu Tina zu gelangen. Im Zimmer rollte sie die tief schlafende Tina vom Bett hinunter und achtete dabei darauf, kaum Geräusche zu verursachen. Dann stach sie mit dem Eiszapfen zu. Sie dachte, das Herz der Frau erwischt zu haben, und flüchtete sofort, als diese vor Schmerz leise zu stöhnen begann. Nicht laut genug, um aus den Nebenzimmern gehört zu werden. Sie hatte die Chance, auch Fabian zu töten, doch zu dem Zeitpunkt wollte sie dies noch nicht. Niemand hatte sie bei ihren Taten entdeckt, noch nicht einmal die Polizei, denn sie kannte sich so gut in dem Haus aus wie sonst kaum jemand. Man hätte sie vielleicht nie verdächtigt. Am Morgen danach jedoch fasste sie den Entschluss, einen Rundumschlag zu machen, der alle töten würde, außer Margaret. Dass es dabei auch den Koch erwischen konnte, der das Gericht vielleicht abgeschmeckt hätte, rechnete sie als Risiko mit ein. Mit einer Einmalspritze aus dem Erste-Hilfe-Kasten unterspritzte sie die Entenbruststücke mit dem Rest Cyanid, über den sie noch verfügte. Der Portwein würde den Geruch schon überdecken. Dass Margaret, die einzige Vegetarierin, ausgerechnet an diesem Tag von der Ente probieren wollte, konnte sie nicht ahnen.

„Bist du bald mal fertig mit der dämlichen Glotzerei?“, zischte Melissa, mir einen Stapel Akten auf den Schreibtisch knallend. Erschrocken zuckte ich zusammen, als sie mit dem Zeigefinger vor meinem Gesicht herumwedelte. „Du dumme Mistkuh hast mir den Freund ausgespannt! Mark gehört mir. Was hast du mit ihm gemacht?“, keifte sie so wütend, dass sie dabei spuckte.

„Ich kann mich nicht daran erinnern, dass wir befreundet sind, Melissa“, hörte ich Marks Stimme hinter der Furie, die sich zur Größe eines Nilpferdes aufgebaut hatte.

Sofort verstummte sie, drehte sich um und lachte übertrieben. „Oh, so meinte ich das nicht“, sagte sie unschuldig.

„Pass auf, Püppi. Jetzt drehst du dich mal um hundertachtzig Grad – also zu deiner Kollegin – und schaust auf ihre Hand“, antwortete er süffisant grinsend.

Erst jetzt bemerkte ich, dass ich das Pendant seines Ringes seit dem letzten Wochenende nicht abgelegt hatte.

Melissa starrte mich an. „Das kann nicht sein!“

„Es wundert mich, dass du das erst jetzt bemerkst, Melissa. Wo du mich doch täglich belagerst und beschimpfst“, spielte ich das Spiel mit und sah, wie Mark höchst amüsiert Melissas versteinertes Gesicht beobachtete. Natürlich waren wir nicht verlobt, doch gab es jemanden, der mir gezeigt hatte, wie man ein Pokerface auflegt.

„Übrigens habe ich gerade gekündigt“, setzte Mark nach und nun sah ich ihn mit ebenso entgleisten Gesichtszügen an wie Melissa. „Ich mache mich selbstständig und miete Büroräume im Industriegebiet an. Mein letzter Auftrag war sehr gewinnbringend und ich habe schon einige Mandanten, die mir folgen werden“, meinte er lässig.

Ich wusste, dass Margaret ihn mit hunderttausend Euro hatte entlohnen wollen, die er nicht annahm. Also hatte sie ihm den Scheck zusammen mit einem Brief einfach in den Koffer gesteckt. Er wollte mir die Hälfte abgeben, doch ich weigerte mich.

Melissa begann, lächelnd eine Locke um ihren Finger zu wickeln, und tat, als ob unsere Ringe nicht existieren würden. „Da brauchst du doch sicher Unterstützung in deiner neuen Kanzlei, oder?“

„Du hast recht, Melissa! Du kleine Füchsin!“, antwortete er überrascht blickend und schaute dann zu mir. „Kommst du mit, Nina?“

„Klar!“, sprang ich lachend auf, ließ den übergroßen Aktenstapel vom Tisch auf Melissas festgewachsene Füße rutschen und ergriff seine Hand. Es war Zeit, den Zoo hinter sich zu lassen, um in eine neue, erfolgreiche und glückliche Zukunft zu starten.

Die Autorin

Sabrina Nickel wurde 1988 in Koblenz geboren und wohnt nun schon seit 15 Jahren mit ihrer Familie und zwei Katzen in einem kleinen Dorf in der Eifel. Das geschriebene Wort faszinierte sie bereits in ihrer Kindheit, und wenn sie nicht gerade schreibt, befasst sie sich mit ihren zwei Fellnasen, unternimmt Städtereisen und besucht Mittelaltermärkte. Ihr erster Fantasyroman erschien im April 2018.

Unser Buchtipp

Elvira Reck
Zehn goldige Märchen

ISBN: 978-3-86196-763-7
Taschenbuch, 48 Seiten

Zehn goldige Märchen, bei denen kein Wunsch offen bleibt: sei es die nächtliche Begegnung mit einem verzauberten Drachen oder als Gast bei einem verfluchten Bärenfest dabei zu sein, ein Plausch mit dem tollpatschigen Schutzengel oder einem heldenhaften Schmetterling bei seinem Kampf gegen die Spinnenplage beizustehen ...

All das und noch mehr Abenteuer kann man mit diesem Buch erleben.

www.ingramcontent.com/pod-product-compliance
Lightning Source LLC
LaVergne TN
LVHW091329190726
843491LV00002B/639

* 9 7 8 3 8 6 1 9 6 7 6 5 1 *